COMMENT
BRAQUER
UNE
BANQUE
PARCE QUE TU AS CRAMÉ
LA MAISON DE LA FILLE
DE TES RÊVES!

Ouvrage publié originellement en 2019 par HarperCollins Children's Books,
un département de HarperCollinsPublishers Ltd.,
sous le titre : *How to Rob a Bank*

18, rue Barbès, 92128 Montrouge Cedex
ISBN : 979-1-0363-2862-6
Dépôt légal : janvier 2022
Première édition

Loi nº 49-956 du 16 juillet 1949 sur les publications destinées à la jeunesse.

Tom Mitchell

Comment braquer une banque

Parce que tu as cramé la maison de la fille de tes rêves !

Traduit de l'anglais (Royaume-Uni)
par Mim

bayard

Pour Jacob, Dylan, et Nicky

PARTIE 1

CHAPITRE 1

IDENTIFIER UNE RAISON : POURQUOI SE COMPLIQUER LA VIE ?

Posez-vous cette question : ai-je besoin d'argent ? Braquer une banque, ce n'est pas un passe-temps, genre taper dans un ballon de foot pour l'envoyer par-dessus la clôture du voisin, ou lire un livre. Certains braquent une banque parce qu'ils sont avides d'argent. En général, ceux-là se font arrêter après avoir acheté une grosse cylindrée ou une casquette de baseball incrustée de diamants. D'autres apprécient la montée d'adrénaline qu'ils ressentent en brandissant un fusil de chasse sous le nez de femmes d'âge mûr. Ces types-là, ils ont souvent la vingtaine et ont eu une enfance problématique.

Quant à moi ? J'ai braqué une banque par culpabilité. Plus précisément : par culpabilité et à cause d'une bougie népalaise parfumée.

Laissez-moi tout vous expliquer.

Tout a commencé lors d'un été interminable. J'avais quinze ans, et j'en avais marre de jouer à *Call of Duty* et *FIFA*. Il y a des limites à se prendre des tirs dans la figure ou des déculottées à 5-0, et on finit par questionner le sens de tout ça. À cause des jérémiades de Maman et Papa, j'avais postulé à différents petits boulots à mi-temps. Mais même McDo n'avait pas voulu de moi. Papa estimait que c'était la preuve du déclin britannique. Maman m'encourageait à persévérer.

On était samedi, un de ces samedis d'été typiques où il n'y a pas de match de Premier League à regarder et où on s'attend à un plat de lasagnes pour le dîner. Papa était scotché au canapé, Maman à une bouteille de vin, et Rita au téléphone. Quant à mes amis, à part Beth, ils étaient tous en vacances à l'autre bout du monde, à contempler des plages interminables et des océans bleu turquoise.

– Le Watergate et Richard Nixon, ça te dit quelque chose ? m'a demandé Papa.

Sa question, comme la plupart de ses questions, était une approche pour me convaincre de regarder un film. Cette fois-ci, il s'agissait des *Hommes du Président*, qu'il avait déjà tenu à me montrer quand j'étais en primaire, et que j'avais trouvé terriblement ennuyeux et compliqué.

Je l'ai informé que j'avais prévu de sortir voir une copine. Ça lui a coupé le sifflet.

– C'est super, s'est enthousiasmée Maman, qui était assise devant la table de la salle à manger, un magazine corné dans une main, et un verre de vin ébréché dans l'autre.

– Oui, a renchéri Papa, tout en faisant signe à Maman de ne pas en dire plus. Croquons la vie à pleines dents !

C'était ironique de la part de Papa. Voilà deux de ses spécialités : regarder des films et faire de l'ironie. Typique de mon père. Et j'ajouterais qu'il se défend bien en ronflements, aussi.

Je suis allé dans ma chambre, j'ai fermé la porte, sans me soucier des effluves de transpiration qui s'échappaient de ma couette tachée, telles des vagues de chaleur chatoyantes. Je me suis mis à genoux pour glisser mes mains sous le lit. J'ai ignoré les sachets de chips vides et autres emballages collants, dont je m'occuperais plus tard. J'ai fini par trouver le paquet que je cherchais. Je l'avais caché là depuis le lundi précédent, lorsque Brian, notre facteur allemand qui mesurait plus de deux mètres, s'était pointé sur notre seuil et avait annoncé :

– Colis pour vous ! C'est grosse fête ?

Et là, il avait eu un sourire rayonnant, à la limite de l'éblouissement quand on se trouvait face à lui.

La vérité, c'est que je n'étais pas tout à fait convaincu qu'une bougie népalaise parfumée avait de quoi faire tomber ma copine Beth à la renverse. Mais je m'étais retrouvé coincé quand Harry, un type du collège à la ramasse, m'avait demandé ce que j'avais acheté pour l'anniversaire de Beth.

Beth laisse Harry la suivre partout sous prétexte que leurs mères fréquentent le même cours de yoga, ou une excuse dans le genre. Il pense carrément qu'ils sont meilleurs amis, ce qui est juste tellement faux !

Je ne savais même pas qu'elle avait un anniversaire. Enfin, je sais bien que chacun a son anniversaire à un moment dans l'année mais...

– Je suis un adolescent, avais-je protesté. Je n'achète pas de cadeaux à mes amis pour leur anniversaire. Je ne laisse pas non plus de messages sur leur mur Facebook...

– Je lui ai pris un collier, avait répliqué Harry. En argent.

Et effectivement, autour du cou de Beth, pendait désormais un joli petit bijou avec des dauphins, que je n'avais jamais eu l'occasion de repérer jusque-là.

– Sincèrement, m'avait-elle rassuré, je ne suis pas obsessionnelle des cadeaux !

J'avoue : là, j'avais paniqué.

– Une bougie népalaise parfumée ! avais-je lancé. C'est ça, mon cadeau.

J'avais dit ça uniquement parce que le jour précédent, Papa avait veillé à ce que j'en commande une sur internet pour Maman, dont l'anniversaire approchait. Il avait trouvé que ce serait une bonne idée que je lui offre quelque chose qui sente bon.

– Une bougie népalaise parfumée ? avait répété Beth d'un ton chantant que seules les filles sont capables d'adopter. Ça a l'air trop bien !

– Ça a l'air trop naze, était intervenu Harry.

Je ne m'étais pas arrêté sur la remarque d'Harry, parce qu'il a l'habitude de tout trouver naze.

Donc, quelques jours plus tard, j'étais planté là, dans ma chambre, à quatre pattes devant mon lit comme si je priais le dieu-des-trucs-qui-sentent-bon-et-qu'on-offre-aux-femmes-de-sa-vie, et je songeais : « Ouais, carrément, Papa, je vais croquer la vie à pleines dents. Je vais offrir à Beth une bougie népalaise parfumée. »

Beth vivait dans une maison construite par son père, qui était maçon et qui l'avait dessinée sur les plans d'une version miniature de la Maison Blanche. Beth, c'était le sosie d'Emma Stone. Le sosie parfait. Du genre à se faire arrêter dans la rue par de vieux messieurs, exactement comme Emma Stone. Tapez Emma Stone dans Google. Voilà, c'est exactement Beth. Vraiment.

Même si sa maison était une petite version de la Maison Blanche, elle était évidemment immense en comparaison de celles des autres, et bien sûr de la mienne. Il y avait même une salle de cinéma, dont l'écran n'avait néanmoins jamais été installé. Pour l'instant, la mère de Beth utilisait cet espace pour étendre son linge, et ça sentait l'humidité et les regrets.

Je n'avais pas mentionné cette salle de cinéma devant Papa. J'avais l'intuition que ça risquait de le projeter dans une « spirale dépressive », quoi que ça puisse bien vouloir dire...

CHAPITRE 2
SAVOIR PRENDRE TOUTES LES PRÉCAUTIONS POUR JOUER AVEC LE FEU

Quarante minutes pile après avoir récupéré mon paquet, j'étais assis sur le lit de Beth, et je lui demandais de bien vouloir fermer la porte. J'avais rassemblé tout mon courage, histoire de ne pas trop réfléchir au fait que je me trouvais dans la chambre d'une fille et de ne pas me laisser submerger par le cortège de sentiments contradictoires que cela entraînait, du genre avoir envie de m'enfuir en courant et rester là pour l'éternité. Beth n'avait pas encore ouvert ses rideaux, mais ce n'était pas gênant. J'ai hoché la tête en apercevant un poster d'Andrew Garfield. Il regardait un cheval. Je me suis demandé ce qu'on pouvait bien ressentir en s'endormant devant Andrew Garfield en train de contempler un cheval. Je me suis dit que ça ne m'aurait pas spécialement plu.

– Si j'avais su que tu venais, j'aurais rangé, a lancé Beth en écartant des habits du bout du pied.

J'ai cru apercevoir une culotte. Avant toute chose, je me suis renseigné :

– Où est Harry ?

– Il arrive, a-t-elle répondu. Tu sais bien... Il est soit ici, soit en train de venir ici...

J'ai sorti mon petit paquet de la poche de mon jean. L'enveloppe boursouflée était froissée et pliée. À côté d'Andrew Garfield, Lionel Messi m'a lancé un regard de mépris, et je n'ai pas pu m'empêcher de penser qu'il me fixait comme si j'étais un demeuré. Cela dit, il n'était plus aussi doué que ce qu'il avait été.

– Bon anniversaire ! ai-je déclaré.

Beth s'est assise à côté de moi. Le matelas a grincé. Je sentais la chaleur qui émanait de son corps. Je lui ai tendu le cadeau.

– Superbe emballage, a-t-elle commenté en considérant l'enveloppe abîmée.

Elle l'a ouverte. Le paquet était rempli de bandelettes de papier journal, qu'elle a écartées en le secouant.

(Et s'il n'y avait rien à l'intérieur ? Si je passais pour un idiot, une fois de plus ?)

La bougie a jailli et est tombée sur le sol comme un petit veau sortant du ventre de sa mère. Sa forme basse et circulaire faisait penser à un paquet de biscuits. Un cercle de métal brillant entourait la cire qui faisait penser à du savon. Au centre, une mèche noire dépassait.

– Merci, a dit Beth, en esquissant un sourire à la Emma Stone.

S'agissait-il d'un sourire épaté ou d'un sourire je-me-paie-la-tête-de-Dylan ?

– C'est une bougie, ai-je justifié, en la ramassant.

– À l'encens népalais ? Figure-toi que ma mère se fait parfois couler un bain et en allume quelques-unes quand mon père lui tape vraiment sur le système.

– Oui, elles sont supposées avoir des effets apaisants, ai-je avancé, au hasard.

– Tu sous-entends que je suis stressée ?

– On l'est tous, ai-je murmuré.

J'ai espéré qu'elle ne pouvait pas deviner combien mon sale mouchard de petit cœur battait la chamade sous mon faux maillot de foot.

– On va l'allumer, a-t-elle décidé, en sautant de son lit.

Elle est allée jusqu'à son bureau pour ouvrir le tiroir du haut. J'ai aperçu un fouillis de stylos et de papiers. Elle a fini par trouver ce qu'elle cherchait : un briquet. Parce qu'elle fumait ? Non, elle ne fumait pas. C'était Beth, quand même.

Le briquet en plastique de piètre qualité a traversé la pièce pour venir me frapper en pleine tête. Beth a éclaté de rire. Je me suis frotté le front et j'ai demandé si on allumait la bougie.

– Et pourquoi pas ? s'est étonnée Beth.

– À cause de ta mère ?

– Quel rapport avec ma mère ?

– Ben, elle pourrait penser qu'on a fumé, ou un truc du genre, non ?

Là, il n'y a pas eu que Messi pour me fixer comme si j'étais débile. J'ai pris le briquet et j'ai inspecté la bougie. Et si elle dégageait un parfum atroce ? Si son odeur avait des vertus hallucinogènes et nous rendait complètement maboules ? Il y a bien des gens qui sautent par la fenêtre, ou pire.

Je me suis levé pour déposer la bougie sur le bureau de Beth. J'ai fait de la place en écartant des livres de cours, puis j'ai trifouillé le briquet. Sans réussir à l'allumer. J'ai essayé à nouveau. Une flamme orange est apparue. Je l'ai approchée de la mèche. Ça a pris. Une odeur s'est diffusée dans la chambre. Un mélange de chien mouillé et de fines herbes.

Je me suis mis à tousser, les épaules secouées de spasmes. Cette bougie parfumée à l'encens piquait carrément la gorge.

Au même moment, on a reconnu le pas lourd de la mère de Beth, qui se dirigeait vers la chambre.

– C'est ma mère ! a sifflé Beth. Ça pue ! Éteins ce truc ! Ce n'est pas du tout à l'encens !

Prise à son tour d'une quinte de toux, elle s'est appuyée contre la porte et m'a désigné d'un geste désespéré la corbeille qui débordait de cannettes de Coca et de paquets de chips sous la fenêtre.

J'ai léché mes doigts et j'ai pincé la mèche allumée. La douleur étant assez vive, j'ai laissé échapper un petit cri.

Beth avait les yeux exorbités.

J'ai attrapé la bougie qui fumait encore, et je l'ai balancée dans la poubelle. Comme le bruit de pas de Maman Monstre se rapprochait de plus en plus, je ne me suis pas attardé sur ce tir magnifique. En plein dans le mille. Le briquet a suivi. Il a heurté le bord de la corbeille et est tombé juste derrière, parfaitement dissimulé. La mère de Beth a frappé à la porte. J'ai ouvert la fenêtre tout en tentant de faire circuler l'air avec mes mains et en cherchant du regard un désodorisant susceptible de masquer cette puanteur.

– Deux secondes ! a crié Beth. Je ne suis pas présentable !

Et là, je l'ai vue ! Sous le bureau ! Une bouteille de déo rose !

– Comment ça, pas présentable ? Mais Dylan n'est pas avec toi, jeune fille ?

Beth a fait un pas en avant, la porte s'est ouverte en lui cognant la tête.

– Aïe !

J'ai vite fait projeté un coup d'aérosol dans la pièce tandis que Beth se frottait le crâne. Au même moment, sa mère a balayé d'un coup d'œil la chambre sombre et clairement, cette vision ne lui a pas trop plu.

J'avais les joues brûlantes.

– Qu'est-ce qui se passe ici ? a-t-elle demandé, en fixant les lambeaux de papier journal sur le sol. Et c'est quoi cette odeur de salle de yoga ?

– Bonjour, madame Fraser, ai-je marmonné. Vous allez bien ?

Ma voix était hésitante. La mère de Beth ressemblait à une Emma Stone dans la quarantaine avancée. Emma Stone à quarante-cinq ans avec les sourcils froncés.

– Dylan Thomas [1], m'a-t-elle lancé. Tu écris de la poésie, ou toujours pas ?

– Toujours pas, ai-je répondu.

Elle a hoché la tête.

– Et que fais-tu avec le déo de Beth dans la main ?

Je ne savais pas comment me justifier. J'ai levé les yeux vers Beth. Elle m'a regardé, elle aussi.

– Mamaaaaaan, a-t-elle finalement lâché.

---

1. Dylan Thomas (1914-1953) est un célèbre poète gallois (NDT).

– Euh, je me sentais un peu transpirant ? ai-je tenté.

Sa mère a froncé un peu plus les sourcils, on distinguait à peine ses yeux, jusqu'à ce que...

– Hé, vous deux ! Je ne suis pas en colère, je comprends parfaitement ! a-t-elle déclaré avec un immense sourire. Figurez-vous que... j'ai été jeune avant vous !

J'ai piqué un fard terrible tellement j'étais gêné. Beth a balbutié un truc incompréhensible, et je n'ai pas pu m'empêcher de remarquer qu'elle se gratouillait le nez comme si elle avait l'air dégoûtée.

– Il y a des Pringles en bas, nous a proposé madame Fraser, la main sur la porte, en s'effaçant un peu pour nous laisser passer.

On est sortis de la chambre en évitant de regarder la poubelle.

On était assis à la table de la cuisine, occupés à grignoter des Pringles et à boire du Coca, tout en écoutant madame Fraser nous rappeler combien avoir de bons résultats à nos examens était fondamental, quand on a repéré une épaisse fumée noire qui s'étirait des escaliers vers la moquette du rez-de-chaussée. Madame Fraser, qui tournait le dos aux escaliers, a pensé que Beth lui faisait une blague lorsqu'elle s'est levée en criant :

– Hé, regardez !

– Oui, enfin bon, a poursuivi madame Fraser, je suis quand même curieuse de savoir comment vous comptez décrocher une bonne note en littérature en ne lisant pas un livre...

Comme si quelqu'un s'était chargé d'allumer un feu de camp dans les escaliers, la fumée, toujours plus épaisse et noire, a commencé à progresser vers nous.

– Oh la vache, ai-je dit en constatant la situation.

La fumée avançait silencieusement, mais sûrement, comme de la glace carbonique dans une comédie musicale. Il y avait quelque chose de tout à fait irréel et étrange à voir la vitesse à laquelle ça envahissait tout l'espace.

C'est là que madame Fraser s'est aperçue de ce qui se passait :

– Ne paniquez pas ! a-t-elle hurlé.

Elle nous a jetés hors de la pièce et de la maison en panique totale et en vociférant :

– La Maison Blanche est en feu ! La Maison Blanche est en feu !! Pas de panique ! Surtout, pas de panique !

À l'extérieur, on est tombés sur Harry. On ne s'est pas arrêtés, tandis qu'il pointait la fumée du doigt en murmurant sur un ton affolé :

– Carrément pas marrant !

En 1814, des soldats britanniques ont incendié la Maison Blanche. Ça devait ressembler un peu à ça. En pire. Et avec moins de Nissan Qashqai garées devant.

Cet après-midi-là, la maison de Beth, les Pringles, la bougie parfumée, les posters d'Andrew Garfield, de Lionel Messi et tout le reste, ont disparu dans un amas de cendres et d'acier tordu. Il n'en est rien resté.

Personnellement, j'ai eu mal au pouce et à l'index pendant des jours.

CHAPITRE 3

RAPPEL : IL N'Y A PAS LES LETTRES M-O-I DANS LE MOT « ÉQUIPE », MAIS ON LES RETROUVE DANS « TRIOMPHER »

Quelques jours après l'incendie, j'ai aperçu Beth qui traversait le parc avec un gros sac de sport noir sur l'épaule. Harry trottinait derrière, en tirant une valise à roulettes grise, qui cahotait sur la pelouse mal tondue. Il m'a fait un doigt. Je n'avais pas la moindre idée d'où ils allaient, pas plus que d'où ils venaient.

– Vous voulez un coup de main ? ai-je proposé.

J'aurais voulu dire autre chose, m'excuser auprès de Beth, mais je ne savais pas comment m'y prendre. Tous mes mots semblaient à côté de la plaque. Par ailleurs, j'ignorais si Harry était au courant de tout. Je n'avais pas spécialement envie de me griller.

« Hé, désolé d'avoir fait cramer ta maison » aurait été une phrase débile, même si au fond, c'était celle qui me venait à l'esprit.

Beth s'est arrêtée. Elle a souri comme si un dentiste lui demandait de montrer ses gencives, c'est-à-dire de manière pas très convaincante.

– Je vous aide ? ai-je lancé en courant vers eux.

– Tout va bien, a-t-elle répliqué. On s'est installés dans un petit appartement adorable, avec une magnifique vue sur Londres.

Harry se tenait à côté d'elle, dodelinant de la tête comme une poupée cassée.

Sa maison toute cramée avait fait le buzz. Des images de la minuscule Maison Blanche en flammes avaient envahi Twitter, avec des blagues sur Trump et compagnie.

– Tu devrais lui dire, pour tes affaires, a lâché Harry.

Il a troqué son hochement de tête pour un sourire sadique de gamin qui arrache les pattes des araignées.

– Peu importe, a répliqué Beth.

Elle a laissé tomber son sac, qui a atterri dans l'herbe avec une sorte de sifflement.

– Tu as réussi à sauver quelques trucs ?

Beth a plissé les yeux, peut-être à cause du soleil. Quant à son regard embué, c'était sans doute lié à un rhume des foins. Même si elle n'y est pas particulièrement sujette.

– Non, a-t-elle murmuré. Il ne reste rien. Ni vêtements, ni livres. Rien. Mais bon, comme tu le sais, quelqu'un a dit que les possessions finissent par nous posséder, donc...

Elle n'a pas poursuivi. Je me sentais barbouillé, tiraillé par une sorte de culpabilité bien épicée, comme si j'avais avalé un curry vindaloo la veille.

– Au moins, tu as gardé ton téléphone, ai-je déclaré, parce que de toutes les choses qu'on peut perdre, le téléphone est évidemment la pire.

– Ouais, a renchéri Harry. Au moins, tu as ton téléphone, Beth. Tout est parti en fumée, mais tu peux encore poster sur Instagram.

Beth lui a fait signe de la boucler. Ça lui a non seulement coupé le sifflet, mais ça lui a aussi effacé son sourire.

– Ça va le faire, ai-je dit, parce que c'est le genre de phrases qu'on lance quand tout va mal. Ton père et ta mère vont trouver une solution.

(Car malgré tout, ils avaient de l'argent.)

– Carrément, a rétorqué Beth. Et en plus il fait beau, on a encore pas mal de semaines avant la fin de l'été, on a vraiment une vue de malade de l'appart et je peux toujours m'acheter des nouvelles fringues...

Ça se voyait bien qu'elle n'y croyait pas du tout.

Je les ai observés tandis qu'ils s'éloignaient, Harry la suivant comme un fidèle écuyer avec son chevalier.

Mais pourquoi avais-je parlé de son téléphone ? En quoi ça pouvait l'aider ? Tout le monde répétait que l'incendie avait été causé par un problème électrique, mais je savais pertinemment que c'était ma bougie parfumée qui avait fait brûler la maison de Beth. La mèche fumait encore quand je l'avais jetée dans la corbeille. C'était évidemment la cause de l'incendie. Ça ne faisait pas le moindre doute. À tel point que, depuis le moment où on était venu me chercher devant le brasier (une foule s'était formée pour commenter les flammes qui s'échappaient des fenêtres) jusqu'à cette rencontre avec Beth, je m'étais attendu à ce que la police frappe à la porte. Ou pire, que ce soit le père de Beth, furieux. Je n'arrivais plus à dormir. Ni même à me concentrer sur mon magazine de foot.

J'avais détruit cette maison, et tout ce qu'elle contenait.

(Cela dit, si Beth avait tout perdu, qu'est-ce qu'elle pouvait bien avoir dans ce sac ? J'étais certain qu'Harry en profitait pour jouer les lèche-bottes en lui proposant de lui prêter des serviettes de toilette et tout un tas de trucs.)

CHAPITRE 4
BRAQUER UNE BANQUE CORRESPOND-IL À VOS BESOINS ?

En rentrant du parc, je me suis arrêté chez l'épicier pour acheter un Lion, en espérant vainement qu'une barre chocolatée contribuerait à améliorer un peu la situation. J'ai essayé de me convaincre que cette histoire de circuit électrique défaillant avait de quoi me rendre heureux, même si ça ne correspondait pas à la réalité. « On vit dans un monde post-vérité », ai-je songé. Je ressentais toujours une culpabilité de la taille d'une galaxie, mais au moins je ne risquais pas d'être envoyé en prison. L'univers carcéral n'était pas adapté à mon imagination, ni à ma carrure. Et de toute façon, comme l'avait fait remarquer ma mère, les maisons sont assurées, et la famille de Beth pourrait faire valoir que des objets très chers avaient brûlé. Donc...

– La situation n'est pas si catastrophique, avait dit ma mère la veille au soir, en prenant une gorgée de vin. Tu te souviens de la fois où on s'est fait cambrioler et que tu as demandé le remboursement d'un disque Blu-ray, Kay ?

Papa n'en avait pas le moindre souvenir.

– Ça devait être avec ton autre mari ? avait-il lancé depuis le canapé.

En sortant de l'épicerie, alors que j'étais absorbé par l'ouverture correcte de l'emballage de mon Lion, j'ai entendu une voix.

– Tu ne veux pas nous acheter un...

C'était une voix qui oscillait entre aigu et grave, une voix qui n'était pas sûre de se rattacher à l'âge adulte. C'était la voix de Dave. Dave Royston. Le type le plus demeuré de tout le quartier. Il traînait dans le coin, en fumant des cigarettes et en jouant les gangsters. Évidemment, il était flanqué de ses deux potes, Adam et Ben, qui se tenaient là comme de fidèles chiens de garde. Je ne suis pas certain que j'avais déjà entendu Adam ou Ben articuler un mot, ils se contentaient de ricanements haut perchés, telles des hyènes droguées à l'hélium.

J'ai pris une bouchée de mon Lion. Si je devais mourir, autant que ce soit le ventre plein.

Ça avait un goût de paradis et de caramel.

– Hé, Dylan ! a-t-il beuglé. Qu'est-ce que tu fais, pédé ? T'achètes de la poésie ?

J'ai fait un pas sur le côté. Il m'a imité pour m'empêcher de passer.

– Non, ai-je répliqué calmement, en finissant de mâcher. Ils ne vendent pas de poésie dans ce magasin.

– File-nous ton Lion. Personne ne bouffe de chocolat dans le quartier sans mon autorisation.

Il m'a arraché le Lion des mains. Je n'étais pas vraiment en position de faire quoi que ce soit, à part espérer très fort que ma salive contenait une maladie terrible, susceptible de provoquer la chute de ses testicules. Il a croqué dans la barre chocolatée et s'est mis à mâcher la bouche ouverte. Visiblement, ses parties génitales tenaient le coup.

– Je viens de voir passer ta copine. Dans le parc. Beth HLM. Les boules. Moi qui croyais qu'ils étaient blindés.

– Hein ?

Dave a éclaté d'un rire qui résonnait comme un vieil instrument de musique électronique.

– T'es pas au courant ? Elle, sa mère, son père... Ils ont emménagé dans un appartement minuscule, dans une tour. Bien fait pour elle ! Mauvais lama !

– Mauvais karma, ai-je rectifié, en faisant mine d'aller à gauche avant de filer à droite.

Ma feinte a eu raison de Dave et j'ai réussi à esquiver Ben.

Dans les tours de la cité ? C'était impossible. La famille de Beth était riche. Ils avaient une salle de cinéma, même si l'écran n'avait jamais été installé et que la maison avait totalement cramé. Les tours de la cité se dressaient à l'est de la ville, comme d'énormes dents cassées. Beth ne pouvait pas vivre là. C'était inenvisageable. Déjà parce que cette fille avait l'allure d'une star de cinéma, mais en plus parce qu'elle avait dit qu'ils avaient une superbe vue. Elle n'avait pas pu parler de ces tours !

Si j'avais été dans un film, ça aurait été le moment de tomber à genoux et de lever mes poings en direction du ciel en hurlant « Nooooooon ! »

Qu'est-ce que j'avais fait ?

La camionnette de Papa, toute blanche avec son inscription *Thomas et fils, plomberie, etc.*, était garée devant notre maison.

Mon père était dans le salon.

– Je suis rentré tôt pour passer un peu de temps avec mon fils préféré. Où avais-tu filé ? T'as envie qu'on fasse un truc ?

Je lui ai répondu que je n'avais envie de rien. Que j'avais croisé Beth. Que j'avais mal à la tête. Papa a changé de ton, pour basculer en mode empathie.

– Elle faisait quoi ?

– Elle marchait. Je crois qu'elle allait vers les tours. Parce qu'un crétin a fichu le feu à sa maison.

Papa m'a lancé un regard plein de sollicitude et a posé sa main sur mon épaule. Mais ça ne marchait pas.

– Alors, ça, c'est une leçon à retenir sur les assurances. Tu as appris qu'ils n'avaient pas assuré la maison ? C'est fondamental, d'avoir une bonne assurance ! On vit dans un monde d'assurances. Et voilà qui nous le prouve, hein ? Souviens-toi de ça mon fils. L'importance d'une bonne assurance !

Comment tout le monde pouvait-il être au courant de tout, à part moi ? Je devrais passer plus de temps sur Facebook.

Et c'est justement sur Facebook, un peu plus tard, que j'ai découvert que le père de Beth n'était pas du tout un entrepreneur qui avait réussi. Il avait juste dépensé tout l'argent hérité de sa famille pour construire cette maison, que j'avais fait brûler. Il avait ensuite voulu la vendre pour empocher le bénéfice, mais la vérité, c'était que personne n'avait envie de vivre dans une version miniature de la Maison Blanche. En tout cas, personne en Angleterre. Et donc, ils avaient continué à habiter dans la maison, tandis que le père de Beth continuait à en demander un prix de plus en plus bas, jusqu'à ce que...

– Mais nous, on est assurés ? ai-je demandé.

– Maintenant, oui, a répondu Papa.

J'avais l'impression de sentir tout le poids des tours de la cité sur mes épaules. Je ne pouvais pas m'empêcher de repenser à l'air qu'avait affiché Beth en traversant le parc. Un peu comme quand on a un prof préféré, et qu'il n'est pas en colère, mais déçu. Une sorte d'Emma Stone en version dégonflée. Tout ça à cause de moi.

– On regarde un film ? ai-je proposé.

Au moins, je pouvais lui faire plaisir, à lui.

Comme d'habitude, Papa avait en rayon exactement ce qu'il nous fallait : le film susceptible de nous faire penser à autre chose que des incendies et des assurances. Il l'avait justement enregistré la veille, et même s'il y avait pas mal de jurons et de scènes violentes, c'était un classique. Un film à voir.

– Ta prof d'anglais peut déblatérer tout ce qu'elle veut sur Shakespeare et les grands poètes, a-t-il justifié. Je maintiens que certains films ont autant d'importance pour ton éducation.

– C'est quoi, le titre ? ai-je demandé en me glissant contre lui sur le canapé.

Il était encore dans son bas de jogging taché d'eau de Javel qu'il portait toujours, mais il avait tout de même retiré son bleu de travail.

– *Un après-midi de chien*. C'est basé sur une histoire vraie. Je sais qu'on dit toujours ça, mais là, c'est vraiment le cas. Tu vas avoir du mal à le croire, et pourtant c'est la réalité. Et en plus, Al Pacino joue dedans, à l'époque où il n'était pas encore connu.

On a regardé le film. Et cet après-midi-là, pour la première fois, Papa a changé ma vie.

Un après-midi de chien : forcément dans mon top dix des films de braquage de banque. Peut-être même dans mon top cinq. Et doublement important car c'est grâce à ce film que j'ai découvert comment régler tous mes problèmes :

EN BRAQUANT UNE BANQUE.

J'allais braquer une banque et tout remettre d'aplomb. Je n'étais pas certain du prix d'une belle maison, ni du volume d'argent dont dispose une agence bancaire de quartier, mais ce qui était évident, c'était qu'on aurait largement assez pour faire les boutiques et remplacer tout ce que Beth avait perdu. Et peut-être même pour lui permettre de vivre dans un endroit plus sympathique que la cité du coin. Il me resterait sans doute assez pour acheter une voiture de sport (et même embaucher un chauffeur), et j'aurais de quoi permettre à Papa de s'arrêter de travailler pendant au moins six mois, afin qu'il puisse enfin écrire le scénario dont il parlait dès qu'il avait bu un coup de trop. Maman pourrait s'offrir des parts dans un vignoble, ou un truc du genre. Je ne filerais pas un rond à Rita car j'estimais qu'elle ne le méritait pas.

Adieu, les devoirs d'histoire du type : « Pourquoi les États-Unis font-ils la guerre au Vietnam dans les années cinquante et soixante ? » (sur vingt points). Et bonjour à toi, maître des criminels, avec les sujets du type : « Quel est le moyen le plus efficace de braquer une banque ? » (question à un million de livres).

Le mieux, c'était de faire un tour sur Google.

CHAPITRE 5
ON NE RISQUE RIEN À ÊTRE TROP PRÉPARÉ

Comme n'importe quel travail d'expert, braquer une banque nécessite un équipement spécialisé. Le genre d'équipement qu'on ne se procure pas aisément quand on a quinze ans. Comme des armes, par exemple. Après avoir regardé *Un après-midi de chien*, j'ai passé la nuit allongé sur mon lit, à fixer l'obscurité. Je me sentais coupable, je ressassais un tas de trucs.

J'ai d'abord réfléchi à utiliser un pistolet électrique. Évidemment, un vrai pistolet n'était pas d'actualité. Je veux dire, je suis débile, mais pas à ce point. Était-il possible de convaincre un employé de banque de me donner tout l'argent en le menaçant d'un Taser ? Par ailleurs, étais-je suffisamment dur à cuire pour faire ça ?

J'étais presque sûr que je pouvais m'en procurer un sur internet. Pas sur Amazon (à moins de vivre aux États-Unis), mais sur des sites plus louches : là où le club londonien Crystal Palace achète ses meilleurs joueurs... Sur le Dark Web. Un peu le même principe qu'Amazon, mais concernant des trucs plutôt illégaux. Et avec une probabilité plus élevée de se faire arrêter.

Se faire livrer un pistolet électrique dans sa boîte aux lettres était une erreur de débutant. Mais comme Dave Royston habitait au coin de la rue, il suffisait d'utiliser son adresse. Intercepter Brian, le livreur allemand, et récupérer le paquet avant Dave serait un jeu d'enfant. C'était d'ailleurs exactement ce que j'avais fait deux ans auparavant, quand j'avais commandé des feux d'artifice sur eBay. Et si mon plan dérapait ? Bon, vu que Dave se considérait déjà comme un bandit... Il aurait son heure de gloire aux infos. Je m'imaginais la scène d'ici...

La rue de banlieue déserte, rideaux tirés et arbres en berne, où l'on n'entendait rien d'autre que le claquement des portes de voitures des braves gens qui grimpaient dans leurs Ford Fiesta et autres Nissan Micra pour partir travailler. Soudain, le hurlement des sirènes déchirant la nuit au moment où des camionnettes de police s'arrêteraient devant chez Dave. Et là, des types habillés comme des policiers de jeux vidéo sortiraient des véhicules, leurs fusils rebondissant sur leur torse tandis qu'ils se précipiteraient dans l'allée pavée de la maison. Ils feraient sauter la porte et avant qu'on se rende compte de quoi que ce soit, Dave serait étendu face contre terre, avec un gars qui lui braillerait :

– Personne ne bouge sans mon autorisation !

Est-ce que je me sentirais désolé pour Dave s'il était arrêté à cause d'un pistolet que j'avais fait livrer chez lui ? Sans doute pas. Après tout, il avait volé mon Lion !

Cela étant dit, en dépit du côté comique de tout ça, la vérité était que seuls les idiots braquent une banque avec un pistolet. Y compris un pistolet électrique. J'avais effectué mes recherches avec le même sérieux que pour mon devoir d'histoire. Avec mon iPhone, assis aux toilettes, j'avais tapé « braquage à main armée » sur Google. Et j'avais découvert qu'à partir du moment où on se lance dans l'aventure avec un pistolet, même électrique, les peines appliquées par les juges faisaient aussitôt un sacré bond. Et pour être honnête, je ne me sentirais pas super bien d'agiter un pistolet sous le nez des gens, même s'ils ne risquaient pas grand-chose de plus que de finir étourdis.

L'air de ma chambre était lourd de pensées, ça fumait presque. En réalité, ça empestait même un peu.

« Je n'ai pas besoin d'un Taser », ai-je songé. Non. J'étais résolu à utiliser une arme bien plus efficace pour braquer une banque : MON CERVEAU !

(Enfin, pas au sens propre. Vous avez compris l'idée.)

Dans *Hors d'atteinte*, un film de 1998, George Clooney braque une banque sans rien. Aucun complice, pas d'armes, rien. Il se contente de pénétrer dans une de ces agences bancaires hollywoodiennes avec des vieux téléphones et des bureaux bien propres, et là, il repère un type qui parle avec le directeur des lieux. Le type a une mallette en cuir posée au sol. Clooney s'approche d'un guichetier et lui dit qu'il a un complice. Il désigne le gars qui, si ça se trouve, discute de la météo, et il raconte au guichetier qu'il a une arme dans sa mallette et qu'il suffit que lui, Clooney, lance le signal pour que le directeur de la banque soit abattu sur-le-champ. Évidemment, comme c'est George Clooney, le gars du guichet le croit et lui tend direct une enveloppe qui déborde de dollars.

Alors je ne suis pas George Clooney, mais comme lui, je suis capable de marcher et de parler, en tout cas la plupart du temps, parce que franchement il ne lui en a pas fallu plus pour braquer la banque.

Au cas où ça vous intéresse, Clooney finit par se faire pincer. Comment ? La batterie de sa voiture est à plat. Monsieur Stones, notre entraîneur de football, nous mettait toujours en garde : « Échouer à se préparer, c'est se préparer à échouer. » Sinon, monsieur Stones ne nous disait pas grand-chose d'autre à part : « L'important, c'est de participer. »

CHAPITRE 6
S'ASSURER QUE LA CIBLE IDENTIFIÉE COCHE BIEN TOUTES LES CASES

L'emplacement, l'emplacement, l'emplacement. Moins vous avez de liens avec votre cible, mieux c'est. À la différence de George Clooney, je ne savais pas conduire. Et bien évidemment, si je m'avisais de sauter dans un avion ou un train, mes parents s'en apercevraient. Donc, un peu comme en cours... mes possibilités étaient assez restreintes en termes de géographie.

J'ai rentré mon adresse sur Google Maps et j'ai recherché les bureaux de poste, en me disant qu'ils seraient probablement moins sécurisés que des agences bancaires. En général, les guichets sont protégés par une vitre, et selon Google, il existe même des boutons pour lancer l'alerte sous les comptoirs, mais ils ne sont pas gardés par des types armés ou accompagnés de rottweilers à la gueule dégoulinante de bave. J'imaginais un petit bureau de poste, tenu si possible par une vieille dame qui vend aussi des sucettes et qui passe le temps en tricotant. Elle m'appellerait « mon garçon », et n'opposerait aucune résistance au braquage. Je ne serais qu'un exemple supplémentaire de cette jeunesse qui part à vau-l'eau. De toute façon, comme le dit Al Pacino dans *Un après-midi de chien*, ces petites boutiques sont assurées. Donc personne ne serait vraiment perdant. Mamie aurait même une histoire à raconter à ses copines de loto. Le déclin britannique, quoi. Rien de dramatique.

Dehors, des nuages bas arborant la couleur de l'échec nous balançaient une pluie qui tombait sans discontinuer. Le mauvais temps est un invariant des vacances scolaires. On peut être sûr qu'une fois qu'on sera adulte et qu'on aura un vrai travail, il fera une chaleur d'enfer. Merci le réchauffement climatique.

Papa était vautré sur le canapé et regardait un western, tout en se grattant distraitement l'entre-jambes. Il était censé partir pour déboucher les canalisations d'une maison appartenant à la famille d'un gamin riche scolarisé dans le même établissement que moi, mais il ne pouvait pas faire grand-chose tant qu'il pleuvait des cordes. C'était d'ailleurs ce qu'il déclarait dès qu'il y avait le moindre taux d'humidité dans l'air, qu'il soit censé travailler à l'intérieur ou à l'extérieur. L'excuse était plutôt pourrie pour un plombier, si on considère qu'une des caractéristiques principales du métier est tout de même de se mouiller.

– Tu veux regarder avec moi ? a-t-il proposé, tout en tapotant le coussin de sa main qui était trois secondes avant dans son pantalon. Ça vient de commencer. Maman ne sera pas de retour avant un bon moment. Ça avance, ta recherche de boulot ?

Depuis que j'avais mollement postulé chez McDonald's, mes parents s'étaient mis dans le crâne que je cherchais vraiment un travail, ce qui leur apparaissait comme l'idée la plus formidable du monde.

J'ai esquissé une moue boudeuse. D'après les bruits qui s'échappaient du poste de télévision, j'avais l'impression que quelqu'un cherchait à briser des meubles avec un cochon. Dans une pièce sombre, un type enlaçait une femme. Il portait un chapeau de cow-boy.

– Je peux passer les moments un peu olé-olé, a suggéré Papa en cherchant la télécommande tandis que le cow-boy se mettait à grogner. C'est assez violent, il y a pas mal de gros mots... ça te plairait ! Il n'y a pas que des câlins.

Il a marqué une pause avant d'ajouter :

– Comme dans la vraie vie, en fait.

À l'étage, on entendait Rita se déplacer dans la maison avec la délicatesse de l'ouragan adolescent. Et même si la pluie résonnait distinctement sur le toit, j'ai informé Papa que j'avais besoin de sortir.

– Et pour quoi faire ?

– Des devoirs, ai-je justifié, en jetant un œil à l'écran. Avec une fille. Et ensuite, des trucs pour la recherche de boulot. Tu vois, quoi.

Les galipettes du cow-boy m'autorisaient à filer sans remords. Rapport au fait que j'étais encore un enfant. Et que ce film risquait de me traumatiser.

J'étais déjà sur le pas de la porte quand j'ai crié à Papa :

– Figure-toi qu'on a des devoirs pendant les vacances.

– Mets un manteau, a rétorqué Papa, vaincu par l'argument.

Donc, avec un message de menaces pré-rédigé dans ma poche arrière, j'ai pris un bus en direction de ma cible, Prix en Folie. J'avais enfilé le maillot d'Arsenal que Mamie m'avait offert à Noël. À l'époque, Papa avait considéré que sa méprise était un signe précurseur de démence, mais je crois qu'elle n'avait vraiment pas la moindre idée de la différence entre Palace et Arsenal.

– Ce sont deux clubs de foot de Londres, non ? avait-elle objecté en croquant avec son dentier dans un petit gâteau fourré à la pomme et aux épices. Alors ne fais pas ton difficile !

Tous les bus sont équipés de caméras de surveillance. Comme partout d'ailleurs, mais c'est particulièrement vrai des bus. Quand on a de la chance, on peut même s'asseoir de manière à voir l'écran qui retransmet les images, ce qui permet d'espionner les gens en toute discrétion. Ces bandes servent souvent quand un enfant disparaît : adolescent supporter du club de Charlton, aperçu pour la dernière fois sur la ligne 53. Et là, on nous montre une capture d'écran granuleuse en noir et blanc, qui pourrait représenter à peu près n'importe qui, et qui ressemble à un fantôme, ce qui n'est pas tout à fait faux.

Voilà mon plan : si les policiers avaient l'idée d'inspecter le contenu des caméras de bus pour retrouver la trace du garçon qui n'a tellement pas froid aux yeux qu'il a volé le magot du bureau de poste du coin, ils tomberaient sur un gamin avec un maillot d'Arsenal et une casquette de baseball. Deux choses que je ne porte jamais.

J'ai dû passer trois fois ma carte de transports avant qu'elle ne marche, mais comme la chauffeure avait un journal ouvert sur les genoux, elle n'a pas levé la tête. Le bus sentait le poulet frit. Entre les mères avec des landaus et les mamies avec des caddies, le bas était plutôt plein, et je suis donc monté à l'étage supérieur.

Je me suis assis à peu près au milieu. Vissée au plafond, près de la fenêtre de l'avant, il y avait une sphère noire. À travers le verre, on distinguait à peine une caméra.

J'ai baissé ma casquette et collé mon menton dans ma poitrine. Je me suis concentré sur le bureau de poste. Et sur le message. Tant que je serais convaincu que tout se passerait bien, tout se passerait vraiment bien.

La pluie cognait sur les vitres et déformait les silhouettes floues de l'extérieur. Je regardais dans le vague, et j'ai tenté de me concentrer sur des pensées positives.

L'intensité de l'averse avait diminué lorsque je suis descendu à l'arrêt situé à quelques mètres du bureau de poste. Il semblait consister en un comptoir situé dans l'arrière-boutique d'une épicerie. Comme l'auvent semblait sponsorisé par *The Guardian*, j'en ai déduit que le quartier devait être plutôt classe moyenne. J'ai vérifié que le message se trouvait toujours bien dans ma poche, vu que c'était quand même la clé d'un braquage réussi. Puis j'ai pris une profonde inspiration, ce qui a achevé de me donner l'impression que j'avais un sacré poids sur la poitrine, et j'ai poussé la porte du magasin.

CHAPITRE 7
TOUT CE QUI EST SUSCEPTIBLE DE DÉRAPER VA DÉRAPER

Une sonnette désuète a retenti, et la porte a failli heurter un homme âgé qui fermait une queue de six personnes s'étirant devant le comptoir. Le long d'un écran en Plexiglas était disposé le stand du marchand de journaux, devant lequel personne n'attendait. Une femme en sari était perchée sur un tabouret et fixait un minuscule écran de télévision dont le volume était poussé au maximum.

La file patientant pour le bureau de poste était coincée entre un présentoir de cartes de vœux, et un étalage de magazines. Je me suis rapproché du vieil homme, suffisamment pour sentir l'odeur d'eau de toilette qui se dégageait de sa chemise couleur crème, et j'ai balayé la boutique du regard, à la recherche d'une caméra de surveillance. Je n'en ai pas repéré, ce qui ne voulait pas dire qu'il n'y en avait pas. C'est un peu le même principe qu'avec Dieu. Ou les pets.

De l'eau dégoulinait du bord de ma casquette. Le rouge vif de mon maillot d'Arsenal avait viré au bordeaux. Mon ventre vide gargouillait, et je me suis demandé si je ne ferais pas aussi bien de lâcher l'affaire pour rentrer manger chez moi. Je n'avais que huit pence en poche. Peut-être que la femme qui avait l'air de s'ennuyer devant sa télé me prendrait en pitié et m'autoriserait à prendre un bonbon en échange d'une pièce jaune ?

La queue s'est légèrement réduite. Un type avec une barbe bien fournie est sorti en répétant « Excusez-moi » à plusieurs reprises. Que se passerait-il à la lecture de mon message ? Cette question ne contribuait pas à desserrer l'étau autour de ma poitrine, et j'ai aussitôt glissé ma main dans ma poche arrière.

Je n'avais pas imprimé mon message car je savais qu'on pouvait pister une imprimante. Au lieu de ça, je l'avais écrit de la main gauche. Ça m'avait demandé pas mal d'efforts avant que je m'estime satisfait de la lisibilité des lettres capitales. Ça aurait été franchement gênant qu'on me prie de déchiffrer certains mots et ça aurait rendu ce message totalement contreproductif.

La queue s'est à nouveau réduite. J'ai plié mon message en deux tandis qu'une femme sortait avec sa poussette. J'ai senti un courant d'air frais au moment où la porte s'ouvrait, mais personne n'est venu grossir la file d'attente. Souvenez-vous : je faisais tout ça pour d'excellentes raisons. De manière ironique, c'était vraiment la seule bonne chose à faire. Mon cœur s'est mis à battre la chamade lorsque j'ai à nouveau ouvert mon message. Le papier était mouillé, mais l'encre n'avait pas bavé.

METTEZ TOUT VOTRE ARGENT DANS CE SAC. NE PRENEZ PAS LES BILLETS DANS LE BAS DU PLACARD, N'APPUYEZ PAS SUR LE BOUTON D'ALARME. LA PERSONNE JUSTE DERRIÈRE MOI EST PRÊTE À ABATTRE VOTRE ASSISTANT SI JE LUI EN DONNE LE SIGNAL. SI VOUS PARLEZ, ON VOUS TUE.

J'ai replié mon message et je l'ai rangé dans ma poche, juste contre mon portefeuille. J'avais oublié le sac pour les billets. Un autre client est sorti et la queue a avancé. Il n'y avait plus que trois personnes devant moi et toujours aucune derrière. Qu'est-ce que je pouvais prendre pour remplacer mon sac ? J'ai regardé les journaux, puis le présentoir des cartes. Sur l'étagère du bas se trouvait un sac. De la taille d'une feuille A4, il était rose et arborait un dessin de la *Reine des neiges*.

Il ne contiendrait pas énormément d'argent, mais c'était mieux que rien. Je me suis penché pour l'attraper.

– Fais attention ! a grommelé un homme qui sortait du magasin.

Plus que deux personnes et c'était mon tour. Je n'arrivais pas à croire qu'il n'y ait plus d'autres clients dans un bureau de poste aussi fréquenté. Mon plan était mort si je n'avais personne derrière moi. Parce que mon message n'aurait aucun sens. Est-ce que j'allais m'arrêter là ?

Il fallait que je pense à Beth. À toutes ses affaires. Détruites. Par moi.

J'ai enfoncé un peu plus ma casquette sur ma tête. Entre mon pouce et mon index, la visière était imbibée d'eau. Si je l'abaissais encore, je finirais par ne plus rien voir.

Des voix s'échappaient du poste de télé. Une mélodie très Bollywood. Des cordes et de la cithare. Probablement une chanson d'amour, qui a eu pour effet direct d'augmenter d'un cran les bouffées d'angoisse qui bourdonnaient dans ma cage thoracique.

Bon, si personne ne venait agrandir cette queue, ça serait la preuve irréfutable que voler de l'argent n'était pas une bonne idée. Et franchement, j'avais déjà eu pas mal d'indices dans ce sens.

Le client suivant a quitté les lieux. Il ne restait donc plus qu'un client entre moi et mon destin. Tandis que le type se renseignait sur le coût de l'envoi d'une lettre prioritaire pour New York, j'ai jeté un coup d'œil rapide, par-dessus son épaule, à l'employé qui se trouvait derrière la vitre en Plexiglas. Jusque-là, je ne m'y étais pas risqué, pour éviter la crise cardiaque.

Il s'agissait d'une très vieille femme, peut-être la mère, voire la grand-mère, de la dame en sari qui regardait sa télé avec un ennui profond. Ses mains tremblaient tandis qu'elle manipulait les carnets de timbres. Ses mèches de cheveux cotonneux encadraient un front ridé. J'ai détourné mon regard pour me concentrer sur le dos du gars devant moi. Même si j'avais identifié une grand-mère comme cible idéale, maintenant que j'étais sur le point de me retrouver face à elle, je sentais mon cœur s'emballer encore un peu plus et mon estomac jouer les montagnes russes. La culpabilité (et la faim).

Parce qu'au fond, je suis un type bien.

Soudain, la porte s'est ouverte. J'ai continué à regarder droit devant moi. Des pas ont résonné dans cet espace confiné. Une présence. Quelqu'un s'était mis derrière moi. Je n'osais pas me retourner. Je n'avais pas envie de tout faire capoter. Donc j'ai préféré ignorer cette sensation étrange d'avoir le corps envahi d'insectes vrombissants, et j'ai sorti mon message.

George Clooney, Al Pacino, Clint Eastwood.

Dylan Thomas.

Peut-être que je ferais mieux de rentrer à la maison ?

Je me suis souvenu de la pluie. Je me suis souvenu de l'incendie.

J'ai serré les dents et contracté ma mâchoire. Je n'étais plus un adolescent à la ramasse de la banlieue sud de Londres. J'étais un héros d'Hollywood. Tout ce qu'il fallait que je fasse, c'était tendre un bout de papier, pour ressortir illico avec un sac Disney bourré de fric. La vieille dame n'en aurait rien à faire. Elle avait dû en voir suffisamment pour ne plus être surprise de quoi que ce soit. Allez... De toute façon, ce n'était pas vraiment son argent.

Et là... une main s'est posée sur mon épaule. Je n'ai même pas eu besoin de me retourner pour comprendre : c'était la police ! Parce que la partie était terminée. Ils avaient toujours su. Mais qu'est-ce qui avait bien pu me passer par la tête ?

CHAPITRE 8
ÊTRE PRÉPARÉ À SE SERVIR DE SON IMAGINATION

– Dylan Thomas ! Tu écris de la poésie ?

Ce n'était pas la police. Pire que ça. C'était madame Riley, ma vieille maîtresse de fin de primaire. Gloups. Sa coiffure était aussi imvraisemblable que lors de notre dernier jour d'école élémentaire. Elle affichait un sourire radieux, serrant contre elle un sac de supermarché. Son parfum typique de fleurs fanées m'a aussitôt replongé dans un univers de dictées, de temps de regroupement, et de réprimandes parce que je bavardais.

– Toujours pas, ai-je répliqué en réussissant à ne pas jurer, mais sans contrôler ma voix, perchée deux octaves plus haut que d'habitude.

– Comment va ta mère ? Tu es dans quelle classe, maintenant ? J'imagine que tu es au courant pour la maison de Beth ? J'ai appris la nouvelle dans la *Gazette du Marché*. Elle qui était si douée en football, la pauvre.

Je ne savais pas à quelle question j'étais censé répondre, alors je me suis contenté de balbutier :

– Oui.

J'avais la personne requise derrière moi, comme indiqué dans mon message, mais vu que je la connaissais, j'allais être obligé de tout laisser tomber.

Non ?

Devant moi, l'homme en chemise crème s'est enquis des formalités pour expédier une autre lettre en Afrique du Sud.

– Bon, je ne devrais pas dire ça, mais ils sont tout de même chanceux d'avoir eu un appartement. Je comprends bien qu'on les attribue aux gens dans le besoin, mais pourquoi il faut du logement social à Londres, alors que les prix sont ce qu'ils sont, ça me dépasse. Enfin, tu es trop jeune pour cette discussion.

Comment pouvais-je faire taire madame Riley ? Son regard était empli d'une expression étrange, presque ailleurs. Le mieux était encore de m'en aller. Je n'avais qu'à lâcher le sac *Reine des neiges* et courir dehors. Je n'allais pas braquer la boutique avec elle à l'intérieur.

– Je peux vous aider, monsieur ? a proposé la vieille dame.

Sa voix était chaleureuse, prévenante. J'ai remarqué ses yeux, qui étaient de la couleur du chocolat. Elle m'avait appelé « monsieur ». Je crois bien que ça ne m'était jamais arrivé avant cet instant. Des lunettes cerclées d'argent étaient délicatement accrochées à son cou.

– Hmmm, ai-je dit en posant le sac *Reine des neiges* sur le comptoir, puisque mon plan dans l'immédiat était de faire semblant de vouloir l'acheter.

– Tu n'avais pas besoin de faire la queue pour ça, mon garçon. Tu aurais pu payer directement à la caisse. Ici, c'est juste pour le courrier.

La vieille dame avait mis ses lunettes sur son nez pour détailler le sac à travers la vitre.

– Du coup, ça fera deux livres quatre-vingt-dix-neuf, s'il te plaît.

Histoire d'avoir l'air crédible en m'étonnant de ne pas avoir assez d'argent, j'ai attrapé mon portefeuille dans ma poche arrière. Mais, vous n'allez pas le croire, le message est venu avec, et a glissé doucement au sol, pas de chance. Je me suis penché pour le ramasser, mais au passage, je me suis cogné le front sur le comptoir, et ma casquette est tombée à son tour.

– Aïe, ai-je grogné, tout en reculant dans le présentoir de cartes d'anniversaire.

Madame Riley s'est avancée pour attraper le message.

– Non, ai-je braillé, une main sur le front, et l'autre désignant le bout de papier.

– Fais attention à toi, m'a-t-elle conseillé.

Et au lieu de me donner le message, elle l'a glissé dans l'interstice entre la vitre et le comptoir, puisque de toute évidence, ce n'était vraiment pas mon jour.

– Tu veux envoyer cette lettre ? m'a demandé la vieille dame. Auquel cas, il va te falloir une enveloppe.

Madame Riley a éclaté de rire.

– Ainsi que du paracétamol ! Ça va, ta tête ?

J'avais très mal, à cause de mon crâne fracassé, bien sûr, mais aussi à cause d'une peur panique qui grimpait. En sécurité derrière sa vitre, la vieille dame a commencé à déplier le papier.

– Non, ai-je supplié en ramassant ma casquette. Ne le lisez pas !

– Tu as besoin d'une enveloppe, Dylan ? a proposé madame Riley. Elles ne coûtent pas grand-chose.

En souriant, la vieille dame a commencé à lire le message. Puis elle a levé les yeux. Son sourire avait disparu. Elle a froncé les sourcils, bouche bée.

– Ça n'a ni queue, ni tête, a-t-elle déclaré. C'est ton écriture ? Tu as quel âge ?

– Un problème ? est intervenue madame Riley. J'étais la maîtresse de ce jeune homme. Je vais vous aider...

La vieille dame lui a fait signe d'approcher.

J'ai laissé échapper un petit gémissement. Est-ce que cette scène était bien réelle ?

– C'est à cause de mes yeux. Vous arrivez à déchiffrer quelque chose ?

Madame Riley a incliné la tête pour tenter de comprendre le message que lui tendait la vieille dame.

– Eh bien, la première ligne demande de mettre tout l'argent dans le sac. C'est ta mère qui a écrit ça, Dylan ?

– Tu veux faire un retrait d'argent ?

– Non, ai-je balbutié. C'est un...

Je ne savais pas quoi ajouter. À part « cauchemar ».

Madame Riley m'a agrippé le bras.

– Tu sais quoi, Dylan, lis-nous donc toi-même le message...

J'ai fait un signe négatif et me suis dégagé de son emprise.

– Je veux juste acheter ce sac *Reine des neiges*, ai-je prétendu, oubliant un instant que l'étendue de mes richesses n'excédait pas huit pence. Ce message concerne autre chose. Il n'est pas censé être lu. Merci.

Pas découragée pour un sou, la vieille dame a essayé de déchiffrer quelques mots en plus. Elle n'est pas allée loin avant de s'adresser à nouveau à madame Riley.

– Vous avez un pistolet ? s'est-elle étonnée. Parce que le message indique que oui. Enfin, de ce que j'en comprends...

– Non. J'ai juste un colis que je voudrais envoyer avec un accusé de réception, s'il vous plaît.

Et soudain, elle a pris conscience de ce qu'on venait de lui poser comme question.

– Un quoi ?

– J'ai huit pence, ai-je dit en sortant la monnaie de ma poche pour l'empiler sur le comptoir.

– Un pistolet ? a répété madame Riley.

– C'est une histoire, sur laquelle je travaille. Vous pouvez me passer mon bout de papier ?

– Aaaah ! s'est exclamée madame Riley. Toi et tes histoires. Ne fais pas ton timide !

La vieille dame a montré du doigt le message.

– Je ne comprends rien à la dernière phrase.

– Quand j'ai débuté dans l'enseignement, travailler l'écrit était fondamental, a remarqué madame Riley.

– Ah ! s'est écriée la vieille dame. Les deux derniers mots : « Vous » et « tue ». J'en suis sûre et certaine !

– Je crois que je vais y aller, ai-je dit. J'ai fait une grosse erreur.

J'ai pivoté, je me suis pris les pieds dans le sac de courses de madame Riley et je me suis étalé. Deux oignons se sont échappés et ont roulé sous le présentoir des magazines. Je me suis remis debout, j'ai épousseté mes habits, et me suis dirigé vers la sortie, la sécurité et la liberté.

– Tu ne veux pas ton sac ? a appelé la vieille dame.

– Et ton histoire ? a ajouté madame Riley.

Je ne leur ai pas répondu.

Dans le bus du retour, je me suis assis à l'étage du bas, même si à cause de la présence de trois pitbulls, ça empestait le chien mouillé. Mon plan initial était censé me faire rentrer à la maison avec des milliers de livres. Pour finir, la matinée m'avait coûté huit pence que j'avais laissés derrière moi.

Mais je n'avais pas perdu ma journée, parce que ça m'avait permis d'établir que les messages écrits et les bureaux de poste ne constituaient pas la bonne méthode. Même si madame Riley n'était pas apparue comme par magie, je ne sais pas si j'aurais eu le cran de voler cette vieille dame. Toute idée d'assurance avait déserté mon cerveau lorsque je l'avais observée en train de lire mon message.

Peut-être qu'il fallait que je trouve un bureau de poste ou une agence bancaire tenus par Hitler. En tout cas, par quelqu'un de si maléfique qu'il mérite d'être braqué.

À vrai dire, les banques étaient probablement la piste à suivre. Papa passait son temps à dire qu'elles étaient tenues par des escrocs, que les mêmes règles ne s'appliquaient pas pour eux et pour nous, et ce genre de choses. Dans l'hypothèse hautement improbable où je me ferais pincer, je pourrais toujours jouer les andouilles et prétendre que j'avais pris ce que racontait mon père pour argent comptant, et que je n'avais donc pas compris que j'enfreignais la loi, monsieur l'agent...

Les banques.

Moins de risques de violence.

Ouais.

Quand je suis arrivé à la maison, j'ai retrouvé Papa qui ronflait sur le canapé, tandis que les coups de feu pétaradaient à la télé. Je me suis installé devant mon ordinateur et j'ai ouvert Google Maps, en faisant quand même un détour par la page Facebook de Beth, histoire de constater que pour une fois, elle avait posté quelque chose : une émoticône triste, mais qui n'était pas forcément en lien avec le fait que j'avais réduit en cendres sa maison sans assurance, et forcé toute sa famille à emménager dans une tour sinistre. Pas forcément...

CHAPITRE 9
« DÉJÀ ESSAYÉ. DÉJÀ ÉCHOUÉ. PEU IMPORTE. ESSAIE ENCORE. ÉCHOUE ENCORE. ÉCHOUE MIEUX. » SAMUEL BECKETT

– Et tu as pensé à postuler à des emplois de bureau ? m'a demandé Papa depuis le canapé. Mieux vaut un bureau qu'une échelle, je te le dis. Il y a pas mal d'accidents sur les échelles...

Papa feuilletait une revue de cinéma, tandis que je scrollais sur l'application de BBC Sport. Palace n'avait pas fait l'acquisition de nouveaux joueurs et l'ouverture de la saison approchait à grands pas. Leur problème, c'était la rémunération des bons joueurs. Combien de banques faudrait-il que je braque pour être en mesure d'acquérir Palace ? Parce que même pour une équipe nulle, ça me coûterait malgré tout des centaines de millions.

Le foot, quelle galère.

– Tu m'écoutes ? a insisté Papa. Peu importe si tu ne te trouves pas un emploi de bureau comme petit boulot pour cet été, mais tu devrais néanmoins y songer pour quand tu auras mon âge. Tu ne te retrouveras pas aspergé d'eaux sales dans un bureau. Sauf si tu n'as vraiment pas de bol.

J'ai levé les yeux de l'écran de mon iPhone. Mon père ne s'était pas rasé depuis quelques jours. Il avait l'allure d'un SDF. Ça m'a fait penser à Beth. J'ai fixé à nouveau mon téléphone. Et maintenant ? Les messages ne constituaient évidemment pas la bonne méthode. Mais alors que faisaient donc les gens pour braquer une banque ? Existait-il une manière de me rendre invisible ? Comme quand on est invité à l'anniversaire d'un gamin populaire ? C'était sûr que ça faciliterait les choses.

J'ai senti des vibrations... Un appel ! j'ai contemplé mon portable, bouche bée. L'écran affichait « Beth ! », comme par magie. (Je ne me souviens plus pourquoi j'avais ajouté un point d'exclamation à son prénom quand j'avais enregistré son numéro, mais le résultat, c'était que ça donnait un caractère dramatique à chacun de ses appels.)

– C'est une fille ? a souri Papa.

J'ai filé dans les escaliers sans lui répondre, et j'ai foncé dans ma chambre en évitant ma sœur qui a levé les yeux au ciel sur mon passage.

– Hey ! ai-je lâché pile au moment où mon dos rebondissait sur mon matelas.

C'est un chat qui m'a répondu. En miaulant. En tout cas, c'est ce qu'il m'a semblé entendre. Beth m'avait peut-être appelé par chaccident, c'est-à-dire qu'un matou avait furtivement pianoté sur son téléphone sans qu'elle s'en aperçoive.

Même pas.

– Dylan ? a-t-elle fait, et j'ai cru reconnaître un sanglot.

– Tu es avec un chat ?

Elle a éclaté de rire. Mais du rire un peu coincé qu'ont les gens quand ils pleurent. Je ne sais pas pourquoi je lui ai posé cette question du chat. Enfin si, je sais. Parce que je suis un crétin.

– Je suis désolée, a-t-elle reniflé, avec un soupir qui faisait penser à une feuille de papier qu'on déchire.

Les pleurs se sont arrêtés. Retour à la normale.

– Je me suis juste laissé un peu emporter par mes émotions. Ça va, toi ?

J'ai fermé les yeux, imaginant un instant que je savais comment parler aux femmes.

– Ça va grave, ai-je dit, avant de le regretter aussitôt. Enfin, pas vraiment. En fait, ces derniers jours ont été vraiment bizarres.

– C'est clair, a-t-elle confirmé. Écoute, j'ai pas

spécialement envie de vider mon sac, mais... ça t'ennuie si je le fais quand même ?

L'espace d'un bref et fantastique instant, j'ai cru qu'elle allait pourrir Harry.

– Aucun problème, l'ai-je encouragée. Vas-y, je t'écoute, défoule-toi.

– Donc, Papa, en plus de ne pas avoir pris de contrat d'assurances sur la maison, vient de nous annoncer qu'on avait jusqu'à la fin du mois d'août pour trouver une caution représentant à peu près six mois de loyer.

– La vache, ai-je répliqué, déçu qu'elle ne parle pas d'Harry et pas complètement certain du sens de ce qu'elle m'expliquait.

– En gros, ça représente des milliers de livres, et on n'a rien. Et si on ne peut pas verser le montant, on est expulsés.

– Je suis sûr que vous allez trouver une solution, ai-je dit. Ton père connaît un tas de gens.

Au grognement qui s'est échappé de mon téléphone, j'ai compris que Beth n'était pas aussi confiante.

– Et si ça se trouve, c'est peut-être même moi qui vais te trouver la somme !

Beth a ricané.

– Toi ? Et comment ?

J'ai repensé au fiasco du bureau de poste.

– Euh, en gagnant au loto ?

– C'est trop mignon, Dylan, mais déjà, as-tu l'âge d'acheter un ticket ?

– Non, mais *ils* n'en savent rien, et *on* pourrait partir en vacances je ne sais pas où... à Hawaï, et on paierait des gens pour passer nos examens à notre place, et est-ce que tu sais que la capitale d'Hawaï, c'est Honolulu ?

– Honolulu ? a fait Beth.

– J'aime bien ce nom.

– Honolulu, a répété Beth.

– Ouais, Honolulu, ai-je répliqué.

Il y a eu une sorte de grondement de basse sur la ligne, comme un son insistant.

– C'est Maman, a lancé Beth. Il faut que j'y aille.

Elle a raccroché et j'ai fixé le plafond pendant un moment, avant de redescendre au salon.

Papa m'attendait.

– J'ai enregistré ce film..., a-t-il commencé au moment où j'ai posé le pied dans la pièce.

Je me suis laissé tomber dans le canapé, et à cet instant précis, un grand bruit sec a retenti dans la maison. Avais-je cassé un truc ? Non. Ça venait de l'étage. Je m'attendais presque à voir Maman passer à travers le plafond, mais rien de ce genre ne s'est produit. C'était plutôt un bruit métallique, comme une voiture en emboutissant une autre. Quelques secondes plus tard, Maman et Rita se tenaient dans l'entrée, l'air affolé. Maman serrait la main de Rita.

L'après-midi était déjà bien avancé, mais Rita était encore en pyjama (avec des petits motifs de chien de dessins animés). Maman portait un bas de jogging et un tee-shirt. Régulièrement, elle nous lançait qu'elle s'apprêtait à aller courir, mais à part la tenue, ça n'avait pas l'air de se concrétiser. Par exemple, elle n'avait pas encore franchi le cap de sortir de la maison.

– C'était quoi ? a-t-elle demandé. Vous avez entendu ?

– On aurait dit que quelque chose s'est écrasé sur le toit, a dit Rita. Un drone, peut-être ?

Je me suis figé en imaginant des agents du FBI déboulant du grenier. Ils avaient trouvé le message. J'étais cuit. Voilà, on y était. J'allais vivre la scène de mon arrestation. J'aurais préféré porter un truc plus classe qu'un vieux maillot de Palace. Et si jamais je me retrouvais en cellule avec des supporters du club de Brighton ?

– C'est sans doute l'antenne, a lâché Papa. Ça y ressemble. Ça fait des mois que je me dis qu'elle risque de tomber. Pas de panique. C'est l'antenne.

Mon cœur battait la chamade. Si on m'avait demandé d'imaginer le bruit que faisait une antenne en dégringolant d'un toit, c'est exactement le bruit que j'aurais décrit. Et de toute façon, les agents du FBI auraient largement eu le temps de défoncer la porte d'entrée. Et en plus, que ficheraient des types du FBI à Orpington ?

Rita a montré la télé du doigt.

– Pourtant, on a encore l'image, a-t-elle objecté.

– Kay ? a lancé Maman. Tu comptes faire quelque chose ??

Papa s'est levé en soupirant et a fait remarquer à Rita qu'on avait le câble.

J'ai hoché la tête. Quelle idiote.

Pendant que Papa cherchait ses baskets et que Rita remontait dans sa chambre, Maman m'a demandé de filer un coup de main à mon père.

– Fais attention à ce qu'il ne tombe pas, m'a-t-elle averti.

Dehors, c'était mouillé, mais il ne pleuvait pas. Ce qui impliquait que Papa allait pouvoir grimper sur le toit pour voir ce qui s'était passé, et que j'allais devoir dépenser pas mal d'énergie pour l'aider.

CHAPITRE 10

SAVOIR TIRER AVANTAGE DE LA TECHNOLOGIE

Nous habitons une petite maison mitoyenne, construite pour les ouvriers d'une brasserie qui a fait faillite il y a longtemps. La pente du toit est plutôt raide, comme un V à l'envers, et borde quasiment les fenêtres de l'étage. L'antenne était effectivement tombée, mais pas au sol. Elle gisait sur les ardoises, retenue par son câble blanc.

Papa a pris une pince coupante dans sa camionnette, dont les portes arrière se sont ouvertes en grinçant.

– Arrête de bâiller aux corneilles et file-moi un coup de main ! m'a-t-il lancé en détachant l'échelle fixée sur le sommet de la camionnette.

Une fois dépliée et installée, l'échelle arrivait à une cinquantaine de centimètres de l'antenne.

– Tiens-la fermement, a ordonné Papa. Concentre-toi pour éviter d'avoir la mort de ton père sur la conscience. Ça te ferait basculer dans l'alcoolisme et la grossièreté.

Sur ces mots, il s'est mis à grimper. L'échelle tremblait à mesure qu'il s'élevait. Mais grâce aux embouts en caoutchouc recouvrant ses pieds, elle adhérait bien au sol et je n'avais pas trop d'efforts à faire pour qu'elle ne dérape pas. Papa a atteint le dernier barreau et s'est couché sur le toit, en tout cas de toute la partie supérieure de son corps. C'était une image insolite, comme s'il s'était endormi au sommet de la maison. J'avais très envie de le prendre en photo dans cette position.

Il s'est mis le long de l'antenne et s'est étiré pour atteindre le câble et le sectionner.

– Je vais la laisser tomber, alors fais attention, m'a-t-il averti. Je préfère que tu ne te fasses pas écrabouiller. Ça serait une sacrée tannée de tout nettoyer...

Il a fait un dernier effort pour attraper le câble blanc.

– Oups, a-t-il fait.

L'échelle a émis des grincements métalliques. Papa a poussé un juron.

Et là, très lentement mais de manière tout à fait inéluctable, il a perdu l'équilibre.

Il a trouvé le moyen de dégringoler la tête la première, en poussant l'antenne d'un côté, tandis qu'il glissait à toute allure à plat ventre sur les tuiles mouillées. J'ai lâché l'échelle et me suis précipité bras tendus sous la gouttière, pour me mettre à l'endroit où il avait toutes les chances d'achever sa cascade.

Il a lancé un chapelet de jurons tout en fendant l'air.

Je m'attendais à être ratatiné sous le poids du corps imposant de Papa.

Pourtant, il s'est arrêté en pleine course. Bloqué net par un clou fiché dans le revers de la jambe droite de son jean. Il se balançait d'avant en arrière, heurtant la fenêtre de la chambre de ma sœur. La vitre a tremblé mais n'a pas cédé, tandis que mon père était suspendu, tête en bas, à la gouttière.

Il a juré à nouveau.

Rita s'est pointée à la fenêtre. Elle s'est mise à hurler et a tiré les rideaux.

Je me suis positionné sous le visage cramoisi de Papa. Trois mètres nous séparaient. Je lui ai demandé si ça allait.

– À ton avis ? a-t-il beuglé. Va chercher ta mère ! Dépêche-toi, Dylan !

Mais Maman était déjà dehors. Rita se tenait à côté d'elle, la main dans la sienne.

– Qu'est-ce qu'on peut faire ? a-t-elle gémi.

Papa est descendu d'un centimètre, son pantalon se déchirait.

Il nous a répondu dans un déluge de postillons.

– Approche l'échelle, nom d'une pipe !

Je me suis empressé d'obéir. L'échelle a raclé le sol.

Toujours la tête en bas, il m'a ordonné de maintenir fermement la base.

Puis il a réussi à agripper les côtés de l'échelle. Au même moment, le jean a lâché et mon père a opéré une pirouette à cent quatre-vingts degrés. L'échelle a oscillé légèrement, et j'ai tenu bon, en véritable héros. Les jambes de Papa ont frôlé mon crâne, mais il est parvenu à prendre appui sur un barreau, dans un bruit métallique.

Il était sain et sauf.

Je me suis écarté pour le laisser regagner la terre ferme. Son visage était aussi rouge qu'un maillot d'Arsenal.

– Ça va ? s'est inquiétée Maman. Tu as été tellement grossier... les voisins...

Papa m'a donné une claque dans le dos.

– Beau boulot, mon garçon ! On fait une sacrée équipe. Désolé pour les gros mots...

– Enfin, l'antenne continue à pendouiller, a observé Rita.

Papa a préféré l'ignorer.

On est repartis se vautrer dans le canapé. Papa est allé chercher des bières dans la cuisine. Un bout de jean traînait derrière lui, comme si un serpent lui avait planté ses crocs dans la cheville. Il m'a proposé une cannette, mais j'ai décliné. C'était préférable que les parents continuent de penser qu'on ne touchait pas à l'alcool.

– On l'a échappé belle, Dylan, a-t-il dit. Ça n'est pas passé loin. Je devrais le faire encadrer celui-là (il parlait de son jean) ! L'afficher au mur, exactement comme font les footballers avec leurs maillots. Parce que j'ai bien failli y rester. C'est drôle, des fois la vie ne tient qu'à un détail insignifiant ! Comme à la qualité du pantalon qu'on porte. D'ailleurs, ça pourrait être un titre de film : *Le bon pantalon*.

Il a décapsulé sa bière. La mousse a jailli et Papa l'a aspirée rapidement, les yeux clos.

– Bon, on va se regarder un truc, a-t-il décidé, après une gorgée. Histoire de se changer les idées.

Vu qu'il venait d'échapper à la mort, je pouvais difficilement refuser.

35 heures, c'est déjà trop était plutôt marrant. Une sorte de comédie pas forcément hilarante, mais parfaite pour des adultes. Peter, le personnage principal, se fait hypnotiser pour parvenir à surmonter son stress au travail. Mais l'hypnotiseur succombe à une crise cardiaque avant de le sortir de sa transe. Du coup, en raison de son état altéré, Peter se fiche de tout et traverse ses journées en ne se concentrant que sur ce qui lui fait plaisir. (Un peu comme Rita.) Il obtient une promotion, rencontre une fille canon (jouée par la jeune Jennifer Aniston). Je suppose qu'il y a une leçon de vie là-dessous, mais bon, bien que ce ne soit jamais vraiment explicite, le fait est que le personnage principal et ses amis travaillent pour une banque. Et qu'est-ce qu'on fait, quand on travaille pour une banque ? On complote pour la braquer, bien sûr !

– Tu penses qu'il y a beaucoup de films sur les braquages de banque ? me suis-je risqué à demander à Papa.

– C'est carrément un genre, a-t-il répliqué, sans détacher ses yeux de l'écran. Le thème du casse. C'est la nature humaine de vouloir obtenir quelque chose sans avoir à travailler. C'est un peu comme toi avec tes examens.

Tandis que le générique de fin s'affichait, Papa m'a demandé si j'avais envie de voir un autre film. La soirée commençait tout juste. Rita était sortie boire un coup. Maman faisait sa gym. On avait largement le temps d'en regarder un deuxième.

J'ai eu une réponse évasive, tout en songeant « ça me va du moment que ce n'est pas avec Emma Stone ».

Pendant qu'il passait en revue les différentes options, j'en ai profité pour repenser à *35 heures, c'est déjà trop*. Et plus précisément au plan de Peter pour voler l'argent. Même si le film se déroule en 1999, avant que les clubs de Chelsea ou Manchester ne gagnent quoi que ce soit, Peter n'utilise ni pistolet, ni message. Il se sert de codes informatiques, lui permettant de détourner de minuscules sommes sur toutes les transactions financières passées par les serveurs de l'entreprise. L'argent volé à chaque fois représente une somme trop dérisoire pour être repérée. Mais étant donné le nombre de transactions, le pécule dérobé est censé augmenter rapidement. Bon, c'est un film et les malfrats fictionnels ne sont pas censés s'en tirer quand ils violent la loi, donc le code utilisé se révèle bien sûr erroné. Du coup, un bon paquet d'argent est prélevé sur un seul week-end, les types se font coincer, mais cela dit...

Là, Papa m'a demandé si je préférais les frères Coen ou Wes Anderson. Un code similaire à celui utilisé dans *35 heures, c'est déjà trop* pourrait-il exister dans la vraie vie ? Et est-ce qu'on pouvait se le procurer sur internet, et en particulier sur le Dark Web ? Est-ce que je ne tenais pas là un moyen rapide et efficace de braquer une banque ? Parce que tout est électronique de nos jours, non ? Je n'aurais même pas besoin d'un passe-montagne ou d'un masque de ski.

– Tu penses que ça pourrait marcher ?

– Quoi donc ?

– Un code informatique, pour braquer une banque ?

– Je ne vois pas pourquoi ça ne marcherait pas. On peut télécharger des photos dénudées de célébrités à partir de leur propre téléphone, ou pirater un distributeur automatique. À mon avis, c'est fréquent.

– Hmmm, ai-je fait. Hmmmm...

Le fait est qu'il avait raison.

Sur cet échange, Maman a débarqué, en tenue de sport, mais sans la moindre trace de transpiration. Et avec un demi-verre de vin blanc dans la main droite.

– Je peux vous apporter quelque chose, les gars ? Vous comptez vous regarder un film ? Faites-moi une place ! La journée a été gratinée !

Elle s'est installée d'autorité dans le canapé. Un canapé deux places, où j'étais désormais écrabouillé entre ma mère et mon père.

Plan : j'allais prétexter une envie pressante, et je m'esquiverais sans revenir. Dans ma chambre, je me précipiterais sur mon ordinateur pour explorer le Dark Web à la recherche d'un code informatique me permettant de braquer une banque. J'entrevoyais enfin une direction claire, et je me suis senti soudain très léger, comme si je venais de siffler un ou deux verres du vin de Maman.

Le lion de la MGM a rugi.

– Question rapide : tu comptes faire quoi pour l'antenne, Kay ?

– T'inquiète, a répondu Papa. Elle sera encore là demain.

CHAPITRE 11
FAIRE DE SON MIEUX POUR ÉVITER LA VIOLENCE

Si vous croyez que j'avais envisagé une seconde d'utiliser mon adresse mail pour acheter des trucs sur le Dark Web, vous me sous-estimez gravement. J'avais ouvert un autre compte.

Quand je me suis connecté sur Gmail, bien sûr, j'avais un nouveau message qui m'attendait. Il comportait un lien pour le braquage d'un distributeur de billets, qui n'était valable que peu de temps, donc il valait mieux que je ne traîne pas. Si je le téléchargeais, ce que je n'étais pas certain de vouloir faire à cent pour cent, ça n'impliquait pas à cent pour cent que je l'utiliserais. Déjà parce qu'il fallait trouver un distributeur avec un port USB. Et je supposais que la marche à suivre devrait être plus élaborée que la simple insertion d'une clé USB dans un distributeur quand personne ne regardait. J'étais trop épuisé pour prendre ma décision maintenant ; j'avais été réveillé au beau milieu de la nuit par Rita qui était rentrée bourrée. Avait suivi une série d'accusations terribles et de portes claquées. Papa avait même hurlé, ce qu'il ne fait pourtant jamais. Si les parents étaient à ce point hors d'eux quand Rita buvait un coup de trop, dans quel état seraient-ils s'ils me pinçaient en train de braquer une banque ?

J'étais en train de promener pensivement ma souris autour du lien de téléchargement, quand un bruit métallique a retenti sur le toit. J'ai su immédiatement de quoi il s'agissait. Deux ou trois *boum* se sont enchaînés, puis un instant de silence, et enfin un énorme fracas et un hurlement. Clairement, le hurlement provenait de l'extérieur. Dès que le hurleur a cessé de hurler, il s'est mis à brailler en boucle « Oh, mon Dieu ! Oh, mon Dieu ! » assez fort pour que je l'entende de ma chambre, à l'arrière de la maison.

– Dylan, a appelé Rita en faisant irruption dans ma chambre et en piétinant mes affaires comme si elles n'existaient pas.

J'ai fermé ma boîte mail, ce n'était pas le moment de télécharger des modes d'emploi de braquage de distributeur automatique. Son visage, déjà pâle avant, avait viré à la lividité cadavérique, ce qui signifiait que ce n'était pas le moment de me plaindre.

– Oui ? ai-je dit en faisant semblant d'avoir passé mon temps à fixer innocemment la page d'accueil Google, ce qui n'avait rien de suspect.

– Il faut que tu viennes voir ! C'est la catastrophe...

Je l'ai suivie dans les escaliers, puis jusqu'à la porte d'entrée. Dehors, l'une à côté de l'autre et face à nous, se tenaient Maman et Marge, notre voisine qui devait bien avoir la soixantaine. Maman se couvrait la bouche de sa main. Marge continuait à bafouiller des « Oh, mon Dieu ! », mais moins fort.

– Regarde, a sifflé Rita en m'indiquant un truc sur notre droite.

L'antenne avait achevé de dégringoler et avait empalé le chat de la voisine. L'animal était cloué dans le gazon devant notre maison. Évidemment, il était mort.

– Rentrez ! a ordonné Maman.

– Il faut faire quelque chose, ai-je dit, bien décidé à jouer les héros et à ignorer mes haut-le-cœur.

– Il faut surtout faire ce qu'on te dit de faire, a répliqué Maman.

J'ai jeté un dernier regard à la scène avant de suivre Rita à l'intérieur de la maison. Le chat tenait dans sa gueule une énorme barre chocolatée Lion.

Comme la situation était vraiment particulière, Rita m'a autorisé à la rejoindre dans sa chambre. On s'est installés derrière les rideaux pour tenter d'écouter ce que Maman et Marge se racontaient. Le choc immédiat de cette image violente s'était estompé, et elles se disputaient à présent pour savoir de qui c'était la faute. Marge estimait qu'il incombait à Maman de nettoyer la scène du crime, mais aussi d'indemniser la mort de Kevin.

– Franchement, appeler son chat Kevin ? a objecté Rita. C'est pas un appel à la tragédie ?

Je lui aurais volontiers expliqué que Kevin Phillips avait été un excellent joueur de Crystal Palace et que même s'il n'avait pas réussi à mettre le feu à la league, on ne pouvait pas parler de tragédie, mais comme Rita m'avait fait l'honneur de m'accueillir sur son territoire, je me suis dit que ce n'était pas le moment de compromettre ma position en étant contrariant.

La chambre avait une odeur sucrée tendant vers le pourri, et était décorée comme celle d'une princesse à tendances anarchistes. Sur la table de nuit, un porte-monnaie dépassait d'un sac à main. Des vêtements jonchaient le plancher. Des livres épais gisaient au milieu des tas, telles des tortues crevées.

Le sens du timing parfaitement cinématographique de Papa lui a permis de débarquer sur les lieux du drame à cet instant précis. Il portait sa combinaison de travail, orange comme celles de Guantánamo, parce qu'il trouvait ça comique et que ça donnait du grain à moudre à ses clients, qui du coup se souvenaient de lui.

– Transpercé, exactement comme Patrick Troughton dans *La malédiction*, a-t-il commenté.

J'ai tenté de jeter un œil, mais de là où on se trouvait, on ne pouvait pas apercevoir Kevin. On ne distinguait que le bas de l'antenne, qui pointait sa pique vers le ciel. Un câble sectionné pendait devant la fenêtre de Rita.

Papa s'est écarté de la scène. Maman et Marge ont toutes les deux répondu « non ». Puis Marge s'est détournée, tandis que Maman se couvrait de nouveau la bouche, avec un air horrifié.

– Voilà, a lancé Papa. Vous me remercierez plus tard.

On a entendu le bruit de la porte d'entrée qui s'ouvrait et se refermait. Puis le pas lourd de Papa, qui se déplaçait vers l'arrière de la maison.

Au moment où je me suis écarté de la fenêtre, Marge a informé Maman qu'on ne tarderait pas à être contactés par son avocat.

– Qu'est-ce que Papa va faire, pour Kevin ? s'est inquiétée Rita.

– Aucune idée, ai-je répliqué tandis que Rita se laissait tomber sur son lit. Le laisser se faire bouffer par les renards ? Si tu veux regarder le bon côté des choses, dis-toi que l'assassinat du chat de la voisine par notre antenne télé va avoir une conséquence immédiate : les parents devraient oublier que tu es rentrée saoule la nuit dernière...

– Ça m'étonnerait. Et je n'étais pas du tout saoule.

Elle a sorti son téléphone.

– Dylan ! a hurlé Papa du bas des escaliers.

Rita a levé les yeux au ciel, et j'ai pris ça pour une expression s'approchant de la compassion.

– J'ai besoin que tu me donnes un coup de main, a-t-il poursuivi. Et enfile des habits auxquels tu ne tiens pas trop.

– Et si je ne lui répondais pas ? Si je ne lui répondais plus jamais ?

– Le problème, avec les parents, c'est leur énergie infinie, a soupiré Rita. Il ne s'arrêtera pas de brailler. C'est sa nature. Il a été programmé pour ça.

– Dylan ? T'es par là ? a insisté Papa.

– Il va me demander d'enterrer le chat mort. Au secours !

Rita était plongée dans ses réseaux sociaux et m'a ignoré. J'ai reconnu le bruit des grosses chaussures de Papa dans les escaliers. Le genre de son qu'on entend quand on est dans le couloir de la mort et que le gardien glisse sa clé dans la serrure de la cellule. Le temps file à toute allure quand un truc abominable se profile. Comme une exécution imminente. Ou un père qui a besoin qu'on lui rende un service.

Papa a ouvert la porte sans sommation.

– Ça se fait de frapper ! a observé Rita.

– Ça se fait aussi de ne pas rentrer bourrée au point de vomir sur sa mère.

Il m'a lancé un regard noir.

– Prends des habits qui ne craignent rien et rejoins-moi dehors, a-t-il ordonné. Il faut régler le problème du chat crevé.

CHAPITRE 12
SE SALIR LES MAINS

La camionnette de Papa empestait à cause de Kevin, mais Papa s'en fichait car il a la chance d'avoir un odorat sélectif. Il prétend être capable de « fermer les clapets de son nez à volonté ». C'est bien lui, de professer ce genre de trucs ! Parce que la vérité était plutôt celle-ci : la camionnette empestait à cause de Kevin, et c'était une puanteur inoubliable, une puanteur qui faisait penser à des poils grillés et à de la viande crue. On devinait immédiatement qu'un être vivant était mort. Il y avait quelque chose qui relevait de la majesté, et d'une finalité mûre, dans cette odeur. Si on s'était fait arrêter par la police pour un feu stop défectueux, ou pour la roue arrière gauche de travers, les agents auraient aussitôt appelé des renforts avant d'exiger qu'on leur ouvre le fourgon, certains d'être tombés sur un tueur en série.

Même avec la vitre baissée, j'avais une furieuse envie de vomir. Papa tapotait sur le volant, vaguement en rythme avec la radio. On écoutait une chanson dont le refrain était le suivant : « C'est la fin du monde tel qu'on le connaît. Et ça me va, parfait ! » On faisait la queue pour accéder à la décharge. Essentiellement derrière des retraités conduisant de modestes véhicules chargés de déchets verts ou autres. Papa m'a fait part de son plan tandis qu'on roulait.

– On sort, tu trouves le premier employé de la décharge qui peut t'indiquer où se débarrasser du métal. Et pendant que tu l'occupes, je balance Kevin !

J'avais supposé qu'une décharge possédait forcément un incinérateur. Papa avait déclaré qu'on allait faire incinérer le chat parce que Marge tenait à disperser ses cendres sur la pelouse, à l'endroit où il avait succombé. Donc, il avait menti.

– On ne peut pas bazarder le chat comme ça, ai-je protesté. C'est cruel.

Par ailleurs, j'avais cette espèce de sixième sens qui me susurrait que j'allais au devant d'ennuis. En général, je ressentais ça en cours, comme par exemple le jour où mon binôme en SVT, Tim Parker, avait pensé que ce serait drôle de planquer un cœur de porc dans le sac de Charlotte Wiseman. Ça n'avait pas été drôle. Et la conséquence immédiate avait été que Charlotte s'était sentie plus rassurée de laisser tomber le cours de SVT.

– Ça serait cruel si le chat était vivant. Sauf qu'il est mort ! Une antenne lui a réglé son compte.

– Mais Marge...

Papa a arrêté de battre le tempo de la chanson pour me fixer avec son regard typique de père.

– On n'a pas d'argent, Dylan. T'es au courant. J'adorerais conduire cette petite bête dans le crématorium pour animaux le plus chic du coin ; que ses cendres nous soient rendues dans une urne en argent avec un revêtement intérieur en velours mauve, même si je haïssais cette bestiole qui passait son temps à se faufiler chez nous pour voler des barres chocolatées. Mais la vérité, c'est qu'on n'en a pas les moyens, et qu'il faut qu'on se débarrasse de ce chat du mieux qu'on peut. C'est-à-dire ici, à la décharge municipale. Et par ailleurs, on rend service à Marge, même si ce n'est pas une partie de plaisir. Donc on fait ce qu'on a à faire, et si on avait été plus riches, on l'aurait sans doute mieux fait, mais ce n'est pas le cas, alors on trouve un compromis. Kevin part à la benne. Et Kevin s'en contrefiche.

Il y avait un peu de tristesse dans les paroles de Papa. Donc je n'ai pas insisté. La camionnette a avancé de quelques mètres, et on est passés sous le portique qui se dressait comme un château lugubre. Des hommes en vestes fluo jetaient des déchets en direction de tas gigantesques. Papa s'est garé sur une place délimitée par des lignes grises. Devant nous se trouvaient six énormes bennes, pleines à ras bords. Chacune portait une inscription indiquant le type de déchets acceptés. La benne juste devant nous débordait de branches cassées et de sacs poubelle éventrés, vomissant de l'herbe. L'inscription indiquait « DÉCHETS VERTS ».

– Pour moi, déchets verts, ça peut très bien correspondre à un chat mort, a chuchoté Papa, même si personne ne risquait de nous entendre à l'intérieur de la camionnette.

Il a coupé le moteur, la radio s'est tue, et il est sorti du véhicule, tandis que la puanteur sucrée des ordures de milliers de foyers y pénétrait. Ce qui constituait un soulagement en comparaison de l'odeur d'un cadavre de chat.

Sur le sol de notre fourgon étaient posés l'antenne ainsi que le sac de sport de Maman, qui n'avait jamais été transporté hors de la maison jusqu'à présent.

Papa m'a désigné un ouvrier, qui poireautait quelques bennes plus loin.

– Va lui demander pour le métal. On démarre la Phase Un du plan.

Sauf que la benne juste à côté de nous était remplie de métal, et on voyait même des antennes qui en dépassaient, comme des arbres plantés n'importe comment.

– J'ai pas envie, ai-je répliqué.

– Plus tu grandis, plus tu es confronté à des trucs qui te déplaisent, m'a dit Papa en grinçant des dents. Figure-toi que le monde est rempli de gens qui te demandent de faire des choses que tu n'as pas envie de faire. Alors bouge-toi !

J'ai contemplé le sac de sport de Maman. Le chat se trouvait-il à l'intérieur ? Je ne pouvais pas le savoir, à moins de l'ouvrir. À cet instant précis, ce sac était à la fois plein et vide du chat. Si on écartait l'odeur. Qui indiquait malgré tout qu'il devait bien y avoir un chat crevé dedans.

– Papa, tu fais précisément partie de ces gens, en exigeant ça.

– Ouais, je confirme !

Je me suis donc dirigé vers l'ouvrier, un type baraqué et tatoué, qui devait avoir dans les vingt ans. Pendant ce temps, Papa s'est éloigné sur la pointe des pieds, tel un méchant dans un film, avec le sac de sport de Maman, à qui il n'avait sans doute pas demandé l'autorisation de le prendre. Je me suis dit que tout ça allait finir par passer, et qu'avant que je ne m'en rende compte, je serais probablement de retour à la maison, occupé à confortablement planifier des braquages de banque. Alors je me suis lancé et j'ai alpagué le gars, d'une voix plus aigüe que ce que j'avais prévu :

– Excusez-moi, où est-ce qu'on jette le métal ?

Il a levé la tête et m'a indiqué la pancarte MÉTAL juste derrière moi. Mais en détachant quelques secondes ses yeux du gros sac d'ordures qu'il était en train de nouer, il a dû surprendre Papa pile au moment où il s'apprêtait à balancer le sac de sport de Maman, et donc Kevin, dans la benne à déchets verts.

– Hé ! a-t-il crié. Vous, là-bas !

Papa s'est pétrifié dans sa pose de lanceur de sac.

– C'est réservé aux végétaux. Videz le contenu de votre sac !

Mais Papa a balancé le sac, qui a atterri à l'arrière de la benne. Des branches cassées ont même fait entendre leur désapprobation au passage.

– C'est rempli de feuilles, s'est défendu Papa. Il n'y a que des feuilles, et de l'herbe.

Le type n'a rien trouvé à répondre.

Papa a émis un étrange petit sifflement et m'a fait signe qu'on y allait. On a accéléré le rythme et on a sauté dans la camionnette, tandis que l'ouvrier, abandonnant sa tâche, s'avançait vers nous en agitant les mains. Papa a fait marche arrière et on est repartis à toute allure, en noyant le gars dans un brouillard de fumée de diesel noire.

– Et pour l'antenne ?

Papa a hoché la tête, en souriant.

– Ouais, a-t-il répliqué. Et pour l'antenne ?

Ma respiration s'est calmée au moment où on dépassait le portique. On s'est garés un peu plus loin dans le quartier industriel.

– C'est vrai, on aurait peut-être dû passer un peu plus de temps sur notre plan, a convenu Papa. En attendant, pas un mot à ta mère. On l'a échappé belle. On se débarrassera de l'antenne une autre fois. Et on utilisera sa voiture.

On est rentrés à la maison. L'odeur était tenace, une sorte de puanteur fantomatique, qui subsistait même si Kevin n'était plus des nôtres. L'antenne grinçait à chaque dos d'âne ou trou dans la chaussée. J'ai vérifié régulièrement le rétroviseur pour voir si aucune voiture de police ne nous prenait en chasse. Papa m'a assuré que le pire qui puisse nous arriver, dans l'hypothèse hautement improbable où le contenu du sac était inspecté avant que l'ensemble de la benne ne soit broyé, serait de recevoir une lettre salée de la mairie. Mais évidemment, il fallait pour cela que quelqu'un ait noté notre numéro de plaque d'immatriculation, ce qui n'était pas le cas.

– Le seul truc, a-t-il conclu, c'est qu'on va devoir trouver des cendres quelque part. Pour les filer à Marge. T'as une idée ?

Le site de la maison de Beth ayant été déblayé, je ne voyais pas trop, non. Et globalement, j'étais un peu dans le flou.

– Amazon ? ai-je fini par suggérer.

CHAPITRE 13
BRAQUER UNE BANQUE, C'EST COMME MONTER À CHEVAL

Cette journée pourrie n'en avait pas terminé avec moi. Et la suite était à la hauteur. On approchait de la maison, Papa me racontait qu'il avait enregistré un film, *Chinatown*, qui lui donnait carrément envie de se faire retirer tous ses souvenirs par chirurgie afin de pouvoir les découvrir à nouveau, si tant est que ce type d'opérations existe, et que j'étais largement assez grand pour le regarder, même si le rythme était plutôt lent. Il s'est arrêté pour me désigner une fille rousse à travers le pare-brise, qui marchait dans la rue en portant deux gros sacs de courses orange.

– Hé, c'est ta copine ! a-t-il braillé. Emma Stone... Comment elle s'appelle, déjà ?

Papa a été trop rapide pour moi, il s'est garé sur le côté et a klaxonné, avant même que je puisse songer à une excuse pour qu'il s'abstienne. J'aurais dû lui dire la vérité. Une bonne leçon pour ma pomme. Parce que papoter au téléphone, c'était une chose, mais être assis dans une camionnette avec Papa qui déblatérait et la puanteur de Kevin qui nous enveloppait, c'était une nouvelle étape sur l'échelle des situations gênantes.

– Baisse ta vitre !

– Papa, la camionnette empeste le chat mort...

Papa s'est penché sur moi pour baisser lui-même la vitre côté passager. J'ai perçu une légère odeur de café. Et une grosse bouffée de Kevin, aussi. De manière incroyable, Beth n'avait pas remarqué notre camionnette crachotante qui s'était arrêtée juste derrière elle. Elle continuait son chemin, avec une allure peut-être plus voûtée que la dernière fois que je l'avais vue. Elle était sans doute stressée à cause de la cité.

Papa, toujours penché sur moi, s'est mis à l'appeler :

– Hé, héééé !

Beth s'est arrêtée.

– C'est quoi, son prénom ? a marmonné Papa.

– Beth.

– Hein ?

– Beth, ai-je répété, un chouia plus fort.

– Beth ! a beuglé Papa, et elle s'est retournée.

J'ai esquissé un vague sourire. Elle s'est approchée de la camionnette sans un mot. Elle s'est plantée à ma hauteur et a déposé son chargement sur le trottoir. Même ses sacs avaient l'air mal à l'aise.

– Hé, ai-je fait.

– Hé, a-t-elle répondu d'une voix totalement dénuée de couleurs.

Elle a ouvert la portière. Si je n'avais pas eu ma ceinture de sécurité, j'aurais basculé dehors. Mais je me suis détaché et je me suis glissé sur la place du milieu. Elle a récupéré ses cabas et a grimpé à côté de moi. Ses courses emplissaient tout l'espace devant ses pieds. Mes épaules touchaient celles de Papa et de Beth, et je me suis dit que j'aurais préféré ne jamais sortir du lit, ce matin.

Une des spécificités des personnes rousses, c'est qu'elles ont souvent une peau parfaite.

– Désolé pour l'odeur, ai-je dit.

– Ce n'est pas Dylan qui pue. On a eu un petit accident avec un chat.

– Oh non, a répliqué Beth. Comme c'est triste !

– Il s'appelait Kevin, ai-je ajouté en guise d'explication, mais personne n'a relevé tandis qu'on reprenait la route.

– Alors, comment va la vie ? a demandé Papa. Ça fait un moment qu'on ne t'a pas vue.

– Ça va, monsieur Thomas, ça va, a soupiré Beth.

(Ça n'avait pas du tout l'air d'aller. On le voyait, par exemple, à sa lèvre inférieure qui tremblait.)

– Tu habites dans les tours, c'est ça ?

– Papaaaaa, ai-je gémi.

– Je me renseigne juste pour savoir où la déposer.

Il aurait pu parler de n'importe quel sujet, à part l'appartement de Beth. Pourquoi, Papa ? C'est quoi, le souci, avec les adultes ? Quand et pourquoi perdent-ils tout sens de la gêne ? Où disparaît-il ? Ça a forcément un rapport avec le nombre d'années de consommation d'alcool. Ça doit anéantir la partie du cerveau qui commande la retenue.

– C'est quoi le problème de vivre dans une tour, Dylan ? a insisté Papa. Au moins, on a une belle vue. Je parie que tu aperçois Londres, hein, Beth ?

– Oui, a répliqué Beth. En tout cas, les lumières de Londres. Enfin, de Bromley. Mais tout n'est pas non plus génial, pour dire la vérité. Dylan vous a raconté, pour l'argent ?

– Dylan ne me raconte jamais rien.

– On a jusqu'à la fin du mois d'août pour trouver, genre, un mois et demi de loyer pour payer la caution. Si on n'y arrive pas, on sera expulsés.

– Je suis désolé, Beth, a dit Papa d'une voix blanche en se tournant vers elle.

– Vous n'y êtes pour rien, a-t-elle répondu avec un sourire qui semblait aussi convaincant que les polos Ralph Lauren qu'on trouve sur le marché de Lewisham. Ce ne sera pas la fin du monde. Je serai probablement obligée d'aller vivre chez ma tante.

Je me suis souvenu que Beth m'avait déjà parlé de sa tante. Une « folle des chats », c'était comme ça qu'elle la décrivait.

– Ça veut sans doute dire qu'il faudra que je change d'établissement pour ma dernière année.

Là, c'est moi qui me suis tourné vers elle.

– Hein ? Tu vas changer de bahut ?

– Ouais, a-t-elle confirmé en hochant la tête.

(Elle n'en avait pas du tout parlé la veille.)

La lumière du soleil a définitivement déserté la journée. Tout s'est retrouvé plongé dans un des films en noir et blanc de Papa.

– Les boules.

– Carrément, a renchéri Beth.

Et même si elle ne nous avait pas indiqué l'endroit où elle voulait qu'on la dépose, Papa a pris la direction de la cité.

– Et donc... Tu as gagné au loto, ou pas encore, Dylan ? a demandé Beth pour casser le silence toxique qui s'était abattu sur la camionnette.

– Pas encore, ai-je répondu.

– Dylan a pas mal aidé son père ces derniers temps.

– Vraiment ? a fait Beth avec un premier sourire authentique. À quelle occasion ?

Papa a grogné. Il souriait, lui aussi.

– Les périodes exceptionnelles requièrent des interventions exceptionnelles. Notre antenne est tombée du toit et a tué le chat de la voisine. C'était ça, l'accident.

– Oh, mon Dieu, c'est terrible ! s'est exclamée Beth en se retenant de rire. Je pensais que vous lui aviez roulé dessus.

– Il s'est retrouvé embroché comme un kebab, ai-je précisé, sans que personne me réponde.

Papa s'est garé devant l'immeuble de Beth, mais pas assez loin. Il a évidemment choisi pile l'endroit où traînaient des gamins à vélo.

– Merci, monsieur Thomas, a lancé Beth en attrapant ses sacs. À bientôt, Dylan. On devrait essayer de se voir, un de ces quatre. Désolée, pour le chat.

Je ne lui ai pas proposé de l'aider. Je n'ai même pas bougé mes pieds pour que ce soit plus simple de sortir les cabas. Je crois que l'idée qu'elle puisse changer d'établissement m'avait paralysé. Personne d'autre au collège ne ressemblait autant à Emma Stone. Où habitait sa tante ? Pourquoi ne lui avais-je pas posé la question ? Elle ne pouvait pas déménager. Ce n'était pas juste.

– Prends une douche ! lui ai-je conseillé, ce qui était censé être une blague liée à l'odeur du chat, mais qui au final a résonné comme un truc très bizarre.

Papa n'a pas redémarré tout de suite.

– Elle n'est pas comme avant, a-t-il commenté en regardant Beth s'éloigner. Elle est plus sombre. Cela dit, elle est le genre de gamine qui ira loin.

« Ouais, en commençant par déménager », ai-je songé.

Elle s'est approchée du groupe de gamins. L'un d'eux a sauté de son vélo pour lui prendre un sac.

– Ils la rackettent, ai-je dit, sans pour autant bouger.

Mais les gamins étaient souriants et Beth leur a adressé un petit signe de tête. Ils l'aidaient à porter ses affaires. Mes paroles sont restées suspendues dans la camionnette comme une odeur de chat crevé.

– On dirait qu'il existe encore des gens bien élevés, hein ? a plaisanté Papa en démarrant le moteur. Tu ne t'es pas précipité pour l'aider, mon gars !

J'ai bredouillé un truc sur l'égalité des droits, mais le bruit de la camionnette a recouvert ce que je disais.

– C'est quand même incroyable, cette ressemblance avec Emma Stone ! Vraiment dingue. Elle pourrait s'en servir pour gagner de l'argent.

On est repartis. Je me suis concentré sur la cité, en fixant cette tour qui se dressait comme un haricot géant face à mes espoirs d'adolescent, jusqu'à ce qu'elle disparaisse au loin.

Une fois garé devant la maison, Papa a défait sa ceinture de sécurité et s'est tourné vers moi.

Conversation sérieuse.

– Buster Keaton s'est brisé la nuque quand il a tourné *Sherlock Junior*.

Je le savais. Papa nous avait montré ce film au moins une centaine de fois. Et il ne manquait jamais de nous indiquer le passage où Buster Keaton saute d'un train en s'agrippant au tuyau d'un gigantesque réservoir et se retrouve écrasé par un torrent d'eau.

– Voilà, avec cette scène, il a failli y rester. Est-ce qu'il a abandonné ? Non. Il s'en est tiré avec une sacrée fracture des cervicales, mais il a continué. Il a persévéré. Il a bouclé son film. Ce que j'essaie de te dire, Dylan, c'est que la vie est une série d'épreuves, pas une compétition pépère. Il y a des obstacles. Comme dans une course de chevaux. Parce que figure-toi, obtenir ce qu'on veut n'est pas facile.

– Beth..., ai-je commencé.

– Tu n'as que quinze ans. Ce que je te raconte concerne la vie en général. Indiana Jones n'aurait pas mis la main sur l'arche perdue s'il avait baissé les bras à la première contrariété. Et songe qu'en plus, il avait un énorme rocher qui dévalait vers lui. Tu imagines ? Toi, tu n'as pas un rocher pareil qui menace de t'écrabouiller ! Ou en tout cas, pas au sens propre. La persévérance. Personnellement, je n'ai jamais été très fort pour ça. Mener mes projets à terme. Comme l'écriture de scénarios. Mais quand on se lance dans quelque chose, c'est important d'aller au bout. Et tu sais quoi ? Les femmes trouvent ça plutôt attirant. Les hommes aussi, d'ailleurs. Tu sais... Tu vois ce que je veux dire, quoi.

– Ouais, Papa, ai-je répliqué. Tu as réussi à te débarrasser du chat, c'est bon...

Papa m'a dévisagé en hochant la tête.

– Parfaitement. Quand j'ai décidé de balancer Kevin à la benne, j'ai porté ce projet jusqu'au bout. Littéralement. Je l'ai porté de la camionnette à la benne, pour commencer. Et au passage, évite de parler du sac à ta mère.

Il me l'a fait jurer.

– Et dernière chose : il n'y a pas de mal à vivre dans une tour.

En remontant dans ma chambre, je me suis soudain senti réconforté. Je ne pensais pas me l'avouer un jour, mais Papa avait raison. Sur la tour et sur la persévérance, aussi. Je n'allais pas m'effondrer parce que Beth avait eu l'air triste dans la camionnette (qui empestait à cause de Kevin). Aujourd'hui, ça n'avait été qu'une simple difficulté. Quand j'aurais mis au point mon plan, que j'aurais braqué une banque, que Beth m'aurait pardonné et plus si affinités, on repenserait à cet été en se marrant. Peut-être même, on se dirait que l'incendie de sa maison avait été une bénédiction.

Beth, ne te fais pas de bile, tu ne vas pas quitter le collège. Et tu n'iras même pas chez ta tante. Et tu sais pourquoi ? Parce que ton pote Dylan va braquer une banque !

En souriant, j'ai ouvert la porte de ma chambre et là je suis tombé sur Rita, qui me tournait le dos. Elle était sur mon ordinateur. Elle a pivoté, l'air sévère, et m'a lancé :

– Ça consiste en quoi, un braquage de distributeur ?

CHAPITRE 14
NE FAIRE CONFIANCE À PERSONNE

Je suis entré dans ma chambre et j'ai refermé la porte.

– Qu'est-ce que tu fiches sur mon ordinateur ?

Rita a posé sa main sur mon torse et m'a poussé brutalement en arrière. Je suis tombé assis sur mon lit, où j'ai rebondi dans un grincement de ressorts. Je n'arrivais pas à croire qu'une fois de plus, j'avais laissé mon ordinateur allumé. Et je n'arrivais pas à croire que Rita s'était permis d'entrer dans ma chambre, même si au fond c'était moins surprenant.

Je pensais que la mort de Kevin nous avait rapprochés. Que nous avions atteint une forme de compréhension mutuelle. Soudain, la conversation avec Papa dans la camionnette semblait bien lointaine.

– Tu m’expliques ou je raconte tout aux parents. Qu’est-ce que tu mijotes ?

– Rien !

– Maman ! Papa ! a braillé Rita.

Je l’ai regardée droit dans les yeux. J’avais pris ma décision.

– C’est un code que tu installes sur un distributeur automatique, et qui te permet de retirer de l’argent sans avoir de carte.

– Quel argent ?

– Celui de la banque.

– Et tu ne vas pas te faire choper ?

– Je n’ai encore rien fait.

– Mais si tu installes le truc, tu ne risques pas de te faire attraper ?

– Écoute, il n’y a rien de totalement sûr, mais le site internet prétend que ce code éteint la caméra de surveillance du distributeur, et fait en sorte que l’opération ne soit pas enregistrée. À vrai dire, il est même censé s’effacer de la clé USB dès qu’on l’installe.

– Vraiment ? Je veux dire, je ne suis pas une experte, donc je n’en sais rien, mais ça te semble plausible ?

J’ai hoché la tête.

Rita continuait à me fixer, comme si en insistant, elle avait une chance de lire dans mes pensées, ce dont elle était bien incapable.

– C’est à cause de cette fille, n’est-ce pas ? Celle dont la maison a brûlé.

– Non.

Rita m’a dévisagé.

Qui était-elle ? Je veux dire, c’était ma sœur, évidemment, mais au fond, qui était-elle vraiment ? Le genre à vouloir (ou à pouvoir) enfreindre la loi ? J’avais passé ma vie à me faire dénoncer par ma sœur auprès de Maman pour la moindre broutille.

– Mais je ne vais pas vraiment braquer une banque. Il faudrait d’abord installer ce code. Dans le port USB d’un distributeur.

– L’agence bancaire de Chislehurst a deux distributeurs dans son hall d’accueil, m’a-t-elle fait remarquer.

– Il en faudrait un à l’extérieur. Ça fait moins de sécurité.

– Carrément, Einstein, sauf que ceux qui sont à l’intérieur sont des unités complètes. Tu peux en faire le tour. Quand ils sont encastrés dans un mur, tu n’as accès qu’à l’écran.

Je déteste ça quand ma sœur ne dit pas complètement n’importe quoi.

– Voilà, a-t-elle dit. Ça télécharge.

J’ai regardé par-dessus son épaule avant d’enjamber mes habits au sol pour me rapprocher de l’ordinateur.

Elle avait raison : le téléchargement était en cours. Elle ne m'avait juste rien demandé.

– Tu n'aurais pas dû faire ça ! ai-je marmonné, sans le penser.

En réalité, j'étais excité comme une puce.

Rita souriait.

– Qu'est-ce que tu as à perdre ? Le truc, c'est que je le dirai à Papa et Maman si tu ne tentes pas ta chance. Tu pourras aider Beth, et moi, tout ce que je veux, c'est juste un nouveau MacBook pour mes cours, parce que tu vois, Dylan, je ne suis pas cupide.

J'ai réfléchi à tout ce que j'avais déjà fait. Les mots. Les mensonges. Le plan.

J'ai repensé aux yeux tristes de Beth.

– D'accord, je le ferai. Mais je vais avoir besoin de ton aide.

Rita s'est éloignée de l'ordinateur et a renversé la chaise en arrière en se levant.

– Laisse tomber ! J'attends les résultats de mon bac d'ici une semaine, et ensuite, j'ai ma vie à vivre. T'es tout seul sur ce coup-là, mon gars !

PARTIE 2

CHAPITRE 15
RESTER CONCENTRÉ, EN TOUTES CIRCONSTANCES

Maman a jeté un coup d'œil à Papa par-dessus sa tasse de café. Elle portait une robe de chambre rose qui jurait avec son visage. Papa arborait son habituel bas de jogging et un tee-shirt, prêt à enfiler sa combinaison de travail. Je regardais dans le vide, à moitié réveillé, tandis que je mangeais mes céréales aux noix. Maman m'avait tiré du lit, au motif que ce n'était pas sain pour les adolescents de passer la matinée sous la couette, à faire je ne sais quoi. Quand elle avait ouvert mes rideaux, j'avais sorti les crocs comme un vampire.

Rita ne prenait jamais son petit-déjeuner à table.

Question : est-ce que je pouvais m'habiller comme un ouvrier pour pénétrer dans une agence bancaire avec une clé USB contenant un virus censé pirater un distributeur ?

(Quand je dis « m'habiller », je parle bien sûr de « me déguiser ».)

« Bonjour, lancerais-je. J'ai peut-être une tête de petit garçon et cette moustache n'est pas hyper convaincante, mais c'est le siège qui m'envoie pour vérifier vos distributeurs. En privé. Merci. »

La directrice demanderait poliment à voir ma carte professionnelle. Je lui montrerais une carte faite maison avec un logo de la banque téléchargé par mes soins. Elle hocherait la tête, m'informerait qu'elle devait passer un coup de fil au préalable, et peu de temps après, la police se pointerait, je serais enfoncé dans le bourbier jusqu'au cou, et Maman partirait en vrille.

Il me fallait un plan plus sophistiqué.

– J'ai proposé à Marge une somme de cent livres et une pierre tombale. Elle aurait obtenu bien plus au tribunal, s'est défendu Papa.

Maman s'est tournée vers moi comme si j'avais voix au chapitre. Je me suis contenté de ruminer comme une vache et de garder les yeux rivés au plancher. Que se passerait-il si je lui révélais la vérité au sujet de son sac de sport ? Et la manière dont Kevin avait fini ? Si je lâchais la vérité sur la boîte de cendres que Papa avait achetée sur Amazon en utilisant mon téléphone ? C'est certainement moi qui aurais des ennuis.

– On ne peut pas se permettre de payer cent livres, a déclaré Maman.

– Ni que Marge nous traîne en justice, a rétorqué Papa.

– Oh, mais pour l'amour du ciel, Kay ! Elle est vieille ! Elle ne nous fera jamais un procès ! Et je ne veux pas d'une pierre tombale devant chez nous. Ce sera hideux ! On aura l'impression d'être dans un Jason King.

– Stephen King, a rectifié Papa. Et de toute façon, je m'assurerai que c'est discret. On se contentera d'inscrire « Kevin » et les dates de la bestiole. Fais-moi confiance. On n'a même pas besoin de creuser un trou dans la pelouse ! Et crois-moi, les retraités connaissent plus d'avocats que toi ou moi. Ils sont bien obligés, avec les testaments à rédiger ! On voit ça à la télé. La question de l'héritage, c'est le passe-temps préféré des retraités.

– Enfin, si on n'enterre pas le chat, quel intérêt ?

– Marge veut une stèle, en hommage. Ce n'est quand même pas moi qui vais la tailler !

Maman s'est levée brusquement, en faisant crisser sa chaise et en renversant son café au sol. Elle a bougonné quelques mots grossiers au sujet de Papa et Marge en quittant la cuisine comme une furie.

– Ah, les femmes ! a soupiré Papa, en ayant l'air gêné de sa propre remarque. Enfin, pas les femmes. Ta mère, en fait.

J'ai hoché la tête, en continuant de mâcher mes céréales. Il a pris une gorgée de thé et a fait mine de regarder au loin. Il devait réfléchir à un truc d'adulte.

– Ça te dit d'aider ton père à faire un peu de plomberie, aujourd'hui ? a-t-il finalement proposé.

– Je vais plutôt me concentrer sur mon cours d'histoire, ai-je répondu.

Papa s'est levé pour attraper un torchon et essuyer le café renversé.

– C'est bien mon fils. C'est bien.

Il m'a lancé un sourire à la Papa, mais j'ai bien vu que ce n'était pas à son fils qu'il pensait.

J'ai changé de sujet, pour lui parler de *Chinatown*. Je n'étais pas certain d'avoir bien compris ce film.

– En fait, a dit Papa, tout le principe de *Chinatown*, c'est qu'on n'y comprend pas grand-chose... C'est un peu comme un couple, figure-toi...

Un peu plus tard, Rita s'est pointée dans ma chambre.

– Bon, accouche, qu'est-ce que tu veux ?

Je lui avais envoyé un message WhatsApp un peu plus tôt. Pour la première fois de ma vie. C'était l'été où j'étais décidé à faire des trucs fous.

« RDV dans ma chambre. »

Si j'avais envoyé ça, c'était parce qu'en dépit du fait que WhatsApp possède une messagerie cryptée se hissant aux standards de la sécurité gouvernementale, Maman (l'autorité suprême) pouvait parfaitement exiger de lire ce que j'écrivais. Donc je préférais éviter de laisser toute trace pouvant m'incriminer, au cas où j'oublierais de les détruire ensuite. Comme la fois où un inconnu m'avait envoyé une photo de Megan Fox en bikini.

Par souci de transparence, je tiens à souligner que j'avais d'abord envoyé ce même message à Beth. Par accident. Parce que c'est comme ça que fonctionne le cerveau. Ça s'appelle le subconscient, et c'est lui qu'il faut accuser quand vous faites des rêves bizarres au cours desquels vous chevauchez des chiens dans des tunnels de voies ferrées, etc.

C'est précisément au moment où j'ai appuyé sur la touche « ENVOI » que je me suis rendu compte de ce que je venais de faire. Donc j'avais en vitesse tapé un second message :

« Oups. Me suis assis sur mon tél. Dsl. »

J'avais attendu cinq minutes avant de renvoyer un autre SMS :

« On se voit bientôt ? Tu passes ? »

Que j'avais aussitôt regretté.

Avant toutes ces boulettes, j'avais passé un moment allongé sur mon lit, à me demander si je pouvais me payer un ticket pour le dernier match amical de présaison de Palace à Bromley. La place était à quinze livres, ce qui n'était pas énorme mais représentait néanmoins quinze livres de plus que ce que je possédais ; mais d'un autre côté, ça ne constituait pas une très grosse somme à dérober pour moi-même, si je prévoyais d'indemniser Beth avec plusieurs milliers de livres...

– Ta chambre empeste, au fait. Une vieille odeur de garçon. Ce qui est plutôt dégueu et franchement pas agréable.

Rita a traversé la pièce sur la pointe des pieds, en prenant garde à éviter les verres vides et les caleçons sales. Elle a ouvert les rideaux que j'avais pris soin de refermer en remontant de mon petit-déjeuner, puis la fenêtre. J'ai posé mon téléphone. J'avais décidé de la jouer cool. Un peu comme la brise légère qui s'est insinuée dans la pièce, pas très sûre d'être la bienvenue.

– Rita, j'ai réfléchi au plan de la banque. En fait, on n'a pas de plan, pour la banque.

– Ou plus exactement, TU n'as pas de plan, a-t-elle corrigé avec un soupir, sans doute à cause de l'argent, de la beauté d'un MacBook Air et du fait que tout cela repose sur moi. Écoute, ne te prends pas trop la tête. Tu vas à la banque, tu rentres dans le hall, et tu inspectes les distributeurs. S'ils sont dotés d'un port USB, tant mieux. Sinon, tu passes à la phase suivante de ton plan, que tu n'auras qu'à déterminer tout seul à la maison. Et tu sais quoi ? La dernière fois que j'ai retiré de l'argent dans un distributeur, je suis plus que certaine qu'il y avait un machin USB juste à côté de la fente où on insère la carte. T'as qu'à le vérifier, sur Google images. C'est sans doute pensé pour les gens qui n'ont pas de doigts ; tu sais, un truc d'accessibilité...

Elle s'est tournée vers mon ordinateur.

– Stop, ai-je dit. On ne peut pas faire des recherches sur ce genre de sujets. Ils nous repèrent sur les sites.

– Qui ça, « ils », Dylan ?

– La police ?

Elle a émis un petit rire moqueur.

– Et Papa et Maman, aussi.

– Papa ne sait pas se servir du grille-pain, alors ça m'étonnerait qu'il puisse explorer ton historique de navigation.

– Ce que j'essaie de te faire comprendre, c'est que les banques ne laissent personne tripatouiller leurs distributeurs automatiques !

– Tu ferais bien de repérer les lieux, Dylan. Comme dans les films. C'est tout ce que je te conseille. Et crois-moi, je ne me donnerai pas cette peine la prochaine fois. Merci bien !

Rita s'est appuyée contre le cadre de la fenêtre. Pendant un moment, ni l'un ni l'autre n'a rien ajouté. Un parfum de confrontation emplissait ma chambre. Et ce n'était pas une odeur très agréable. J'ai repensé à *Chinatown*, qu'on avait regardé la veille. Un film à la fois ennuyeux et perturbant.

– Papa dit que Marge exige qu'une pierre tombale soit installée dans notre pelouse en hommage à Kevin, ai-je lancé.

Rita a secoué la tête.

– Dieu merci, je quitte cette maison !

Le silence est retombé. Mais ma sœur est restée dans la pièce.

– Écoute, ai-je déclaré, comme si ma vie était suspendue à cet instant. Si tu me conduis à la banque, je suis partant pour au moins examiner les distributeurs.

– Je vais m'habiller, a répondu Rita, en traversant ma chambre. On se met en noir, d'accord ? Et ne compte pas sur moi pour descendre de la voiture, même pas en rêve.

J'ai pris une clé USB dans le tiroir de mon bureau et j'y ai transféré le code. Je me suis assuré à deux cents pour cent d'éjecter la clé avant de la retirer de l'ordinateur (un peu trop brutalement car la clé a glissé entre mes doigts et est retombée dans le tiroir, comme pour m'indiquer que ce plan était globalement une très mauvaise idée).

Mais pourquoi me serais-je senti nerveux ? J'avais déjà menacé une gentille vieille dame dans une tentative de braquage d'un bureau de poste. Aujourd'hui, j'étais simplement censé passer trente secondes à vérifier que l'agence bancaire de Chislehurst ne possédait pas de distributeurs avec des ports USB à disposition du public. Et éventuellement m'acheter des frites en sortant.

Au final, il se trouve que j'avais tort. Sur ce qui allait se passer à l'agence bancaire de Chislehurst. Et aussi sur les frites.

CHAPITRE 16
FAIRE SES DEVOIRS (REPÉRER L'EMPLACEMENT)

Maman était partie travailler en transports en commun, sa voiture était donc disponible. Comme elle l'avait annoncé, Rita était habillée intégralement en noir. Un bas de survêtement noir, un tee-shirt noir et une casquette de baseball noire que je n'avais jamais vue. On avait l'impression qu'elle se rendait aux funérailles d'un jogger.

– Chislehurst ? a-t-elle demandé en ajustant le rétroviseur.

J'ai grogné en signe d'assentiment. Sur le trajet, j'ai reçu une réponse de Beth. Une émoticône qui faisait un clin d'œil. Je ne savais pas quoi en déduire. J'ai regretté de ne pas être plus doué pour interpréter les choses. Si j'avais eu de meilleurs profs, la vie serait plus simple.

Il y avait un parking juste à côté de la banque. Il y a aussi eu un foin pas possible quand Rita m'a demandé si j'avais des sous pour le ticket. Je lui ai expliqué que j'avais pris la clé USB et rien d'autre pour des raisons de sécurité, parce que j'estimais qu'il valait mieux limiter les affaires en ma possession au strict minimum, et que comme de toute façon elle allait rester dans la voiture, je ne voyais pas pourquoi on aurait eu besoin d'un ticket.

Le coin était plutôt désert, mis à part quelques Range Rover appartenant à des hommes d'affaires (ce qui prouvait qu'on était bien à Chislehurst). Il n'y aurait probablement aucune personne pour distribuer des contraventions, et si jamais c'était le cas, Rita n'aurait qu'à aller se garer un peu plus loin, ou plaider sa cause pour échapper à l'amende, puisque ma sœur était quand même spécialiste pour charmer son petit monde et éviter ainsi les galères, en particulier quand il s'agissait des parents.

Elle a levé les yeux au ciel.

– Imagine que tu parviennes à entrer ton code, ou je ne sais pas quoi, sur cette machine. Tu n'as pas envie que des contractuels se souviennent de leur conversation avec une bombe et un mec canon habillés en noir, hein ? On parle précautions, là. On veut juste éviter qu'ils fassent un lien. Réfléchis !

Je n'arrivais pas à déterminer si elle se moquait de moi ou pas. Quoi qu'il en soit, Maman gardait toujours de la monnaie dans une vieille trousse en tissu cachée dans la boîte à gants, et je m'en suis servi pour payer une demi-heure de stationnement.

– T'es contente ? ai-je lancé à Rita en lui tendant le ticket par la fenêtre.

– Va donc faire ce que tu as à faire, a-t-elle répondu sur le ton d'une mère conseillant à son enfant d'aller faire un tour aux toilettes avant un trajet un peu long. Si tu ne repères pas le port USB tout de suite, vérifie derrière le distributeur. Joue le type qui fait ses lacets ou qui a laissé tomber son téléphone.

J'ai tourné les talons, en m'efforçant de résister virilement à la tentation de lui demander de m'accompagner, car je me sentais bizarrement vulnérable.

– Et, Dylan ?

J'ai pivoté.

– Mode sécurité, hein ?

J'ai hoché la tête et me suis dirigé vers la banque, en ne marquant pas l'arrêt devant le distributeur extérieur, comme convenu entre nous.

– Ne parle à personne !

Après avoir lu ces lignes jusqu'ici, vous pourriez penser que je suis du genre sûr de moi. Mais ce n'est pas le cas. De toute façon, un adolescent de quinze ans qui a confiance en lui a de grandes chances d'être un crétin fini. La même règle ne s'applique pas aux filles, qui possèdent cette assurance complètement flippante. Beth, par exemple. Il y a un truc dans son regard qui dit « Je sais ». Sa ressemblance avec Emma Stone n'y est sans doute pas pour rien. Mais personnellement, je suis contraint de me battre contre cette voix intérieure qui hurle à la cantonade que le monde entier me juge. Qu'il s'agisse des vêtements que je porte pour aller à l'épicerie, ou de la tonalité de ma voix quand je demande un demi-litre de lait. J'éprouvais donc une certaine nervosité au moment de passer les portes en verre étincelantes de la banque, et de pénétrer dans un espace où les gens ne manqueraient pas de se tourner vers moi pour penser des trucs en me dévisageant. L'enfer est peuplé de gens qui vous regardent. Le distributeur serait équipé d'un port USB ou pas. C'était une double hypothèse à laquelle je pouvais faire face. Les interactions avec les autres sont moins binaires.

À l'intérieur de la banque se trouvaient effectivement des gens. Mais personne ne s'est retourné. Parce qu'en fait, la plupart de nos congénères ne se soucient pas autant de nous que ce qu'on pourrait croire.

C'était une pièce assez vaste, en forme de carré. Des bandeaux lumineux grésillaient au plafond, et la seule lumière naturelle provenait des portes vitrées, qui faisaient face à des guichets retranchés derrière des cloisons en Plexiglas. De chaque côté de la pièce, à l'angle du mur et du plafond, étaient installées des caméras, sur lesquelles clignotait un point rouge. Un guichetier renseignait un homme corpulent en costume, tandis qu'une femme avec une poussette attendait son tour derrière un ruban en tissu. Six gros fauteuils confortables étaient disposés autour de trois tables basses près du mur sur ma gauche. Un couple de vieux, sans doute des grands-parents, tous les deux avec des cannes et habillés comme pour aller à la messe ou au pub, étaient assis là, attendant en vain quelque chose, peut-être la mort. Près du mur à droite se trouvaient deux distributeurs automatiques. Une pancarte en carton était suspendue juste au-dessus, avec une flèche les désignant, accompagnée du mot RETRAITS.

J'ai pris soin de ne pas regarder en direction des caméras, ni des gens présents, tandis que je faisais mine de prendre mon portefeuille tout en me dirigeant avec assurance vers les distributeurs, comme si c'était l'activité la plus naturelle du monde. Le logo de la banque et une pub pour les crédits alternaient sur l'écran, entouré d'un cadre métallique qui faisait penser à un évier. Juste en dessous se trouvait le clavier, avec les touches des chiffres en argenté, le bouton rouge ANNULATION, le jaune CORRECTION, et le vert OK. Il y avait une fente, une sorte de bouche, sous l'écran, d'où les billets sortaient. Une autre, située en haut à droite, portait l'inscription REÇUS, et juste en dessous une troisième indiquait l'endroit où insérer sa carte. En plus du mot CARTE, il y avait un autocollant représentant une carte avec une flèche indiquant la fente, au cas où on serait complètement idiot. Juste au-dessous, j'ai repéré un petit carré noir, qui ressemblait à un capteur infrarouge.

Il y avait aussi un petit coin qui dépassait juste à côté de la fente réservée à la carte. Ainsi qu'un orifice destiné à brancher des écouteurs, pour les malentendants. J'avoue que l'utilité d'écouter un distributeur automatique m'échappe. C'est sans doute parce qu'ils produisent un bruit agréable de comptage de billets au moment où ils les distribuent ?

L'autre machine était résolument identique. Et ne comportait donc aucun port USB. Pourquoi y en aurait-il eu un ?

Les distributeurs étaient installés dans les murs, comme deux penderies pour des nains. Je ne voyais pas bien comment insérer un truc à l'intérieur, il n'y avait même pas de câble électrique apparent. Je me suis mis à genoux pour inspecter le bas de la machine la plus proche de moi. Le pied était en plastique gris et lisse, et affichait quelques traces noires aux endroits où les chaussures des clients avaient dû le heurter. Le matériau était plus chaud que ce que j'aurais pu penser. Ça aurait bien été ma chance si le truc avait pris feu pile au moment où j'avais posé ma main dessus.

– Tu as besoin d'aide ?

J'ai levé la tête. Juste au-dessus de moi se tenait un homme.

CHAPITRE 17

EN BAVER UN PEU POUR GAGNER GROS

Le type portait une cravate aux couleurs de la banque et un badge rectangulaire indiquant son nom : Max Gradual. C'était apparemment le directeur de l'agence. J'ai pris note de ces informations tout en me relevant lentement, comme si je venais juste d'avoir été adoubé, et j'ai dit :

– Bon, ben tout semble en ordre, hein, donc j'allais justement rentrer...

Les portes automatiques se sont ouvertes toutes seules, même s'il n'y avait personne à proximité. J'ai pivoté pour y jeter un œil, tout en prenant conscience que ça devait me donner l'air d'un coupable qui envisage de s'enfuir, ce qui n'était pas loin d'être mon intention.

– Ça fait un moment que je t'observe, jeune homme, a déclaré Gradual. Nos distributeurs automatiques semblent te passionner.

J'ai ressenti la force que procure un public : le couple de vieux, la femme avec la poussette... Ces gens-là savaient pourquoi ils étaient venus à la banque. Leur raison d'être, c'était moi désormais.

– Je travaille sur un projet pour l'école, ai-je bafouillé. Sur les distributeurs.

Gradual a hoché la tête. Il a esquissé un sourire, comme s'il était prêt à mordre. Il avait les dents tachées par le café.

– Un projet, vraiment ? a-t-il répété. Un projet ? Un projet sur les distributeurs bancaires ? Vas-y, parle-moi de ton projet sur les distributeurs. Parce que nous sommes peut-être en mesure de t'aider, hein, pour ton projet sur les distributeurs. Un projet ! J'adore les projets. Et surtout quand ça concerne NOS distributeurs !

Le bébé dans la poussette s'est mis à pleurer. Sa mère a farfouillé dans ses affaires pour retrouver sa tétine. Le petit s'est aussitôt calmé.

– C'est en anglais, ai-je prétendu, tout en regrettant immédiatement mon choix de matière.

Parce que de toutes celles que j'étais censé passer pour mes examens, c'était sans doute la plus improbable. Cela dit, j'aurais aussi pu opter pour l'espagnol, ce qui aurait été pire, vu que je ne connais même pas le mot correspondant à « distributeur ». Un truc genre « machina d'argento » ? Bon, en fait, la plupart des mots sont un mystère pour moi en espagnol.

– Donc, qu'est-ce que tu cherchais à savoir ? Comment puis-je t'aider ? Sur ton projet...

Le directeur me fixait avec une telle intensité que je pouvais voir de légers vaisseaux sanguins apparaître dans le blanc de ses yeux. Quant à sa voix : proche de l'aboiement, vraiment pas loin. Mais... ses mots, ses questions... Y avait-il une chance qu'il puisse vraiment m'aider ? Est-ce que je pouvais courir le risque de lui poser une question sur les ports USB ? Je veux dire, je n'avais rien fait de mal. J'avais juste observé ses distributeurs automatiques. Tout ça, c'était parce que j'étais un ado. Dans ses yeux vaguement flippants, je pouvais lire que mon âge était synonyme de problème. Et ça, ça relève du préjugé.

– Aucune importance, ai-je rétorqué, en entendant à nouveau les portes automatiques s'ouvrir, sifflant le moment de déguerpir.

– Qu'est-ce qui se passe ?

C'était la voix de ma sœur. Qui se tenait juste à côté de moi. Avec son accoutrement tout noir d'athlète diabolique. Elle n'était plus dans la voiture. « J'ai bien fait d'avoir pris un ticket », ai-je songé.

– Je suis Max Gradual, le directeur de cette agence. Et vous êtes ?

– Je suis la sœur de ce jeune homme. Il y a un problème ?

– Laissez ce gamin tranquille ! a lancé la vieille dame, tandis que tous les gens dans la pièce se tournaient vers elle. Il ne faisait rien de mal. N'est-ce pas mon grand ? Il se met à quatre pattes pour son projet, c'est tout...

Je me suis mordu la lèvre du bas, comme si j'étais un petit enfant tout mignon. Gradual s'est redressé, sans plus chercher à me transpercer du regard.

– Alors, tu lui as posé la question ? m'a demandé Rita.

Non, elle n'était pas en train de faire ça ! Si ? Je veux dire, elle savait bien que c'était une erreur. Tout ça. Qu'est-ce qui m'était passé par la tête ? Je ne pouvais pas me renseigner sur la sécurité des ports USB. Par définition, c'est secret.

Ensuite, c'est la femme avec le bébé qui a pris la parole. Elle ne faisait plus la queue ; il n'y avait plus personne au guichet. L'homme d'affaires corpulent était parti sans que je le remarque et l'employée, une jeune femme que j'imaginais d'allure assez sportive, suivait la scène derrière sa vitre, la tête posée sur sa main.

– Il a dit qu'il travaillait sur un projet ? C'est bien ça ? a lancé la mère de famille.

J'ai acquiescé d'un signe de tête. Parce que c'est exactement ce que j'avais dit.

Gradual a balayé la pièce du regard, en s'arrêtant sur chaque client : le vieux couple, la mère et son bébé, la fille au guichet, Rita. Il a esquissé un sourire, mais il ressemblait à celui d'un type qui vient de se faire coincer les parties intimes dans un étau.

– Il ne vous a pas parlé d'un emploi ? Il devait vous demander s'il y avait des possibilités de travail, s'est étonnée Rita. Tu étais censé postuler...

Gradual a fait non de la tête. J'ai fait non de la tête. Ma bouche était soudain toute sèche. Je voulais expliquer à Rita qu'il était vraiment grand temps qu'on fiche le camp. Et qu'on pouvait très bien être sans emploi à deux. Mais pour ça, il m'aurait fallu un verre d'eau.

– On n'embauche pas, a répliqué le directeur. Et quel âge as-tu ? Je pensais que tu étais encore à l'école ? Que tu travaillais sur un projet ?

Il avait changé de ton. Il était sur la défensive.

– Trouvez un boulot à ce gamin ! a exigé le vieux monsieur.

– C'est pour le samedi matin, a justifié Rita. Vous êtes bien ouvert le samedi matin ? Parce que le truc, c'est que depuis le décès de nos parents, on a vraiment du mal à joindre les deux bouts, et par ailleurs la discipline et l'organisation nécessaires pour occuper un emploi dans une agence aussi bien tenue que la vôtre sont précisément ce qu'il faudrait à mon frère. J'ai bien pensé à mentionner que nos parents étaient morts ?

Peu à peu, la situation se démêlait. En même temps que se concrétisait la fin tragique de nos parents. Et si je prenais l'option de m'enfuir à toutes jambes ? Les gens nous oublieraient. Ils finiraient par penser que tout cela n'était qu'une vaste blague. Je me débrouillerais avec Rita plus tard. Je n'étais pas encore adulte. En filant sans demander mon reste, je serais parfaitement dans mes droits et dans ce qu'on attend d'un gamin de quinze ans.

Malheureusement, mes pieds étaient rivés au sol. J'étais collé à la moquette.

– Oui, ils sont bien ouverts le samedi matin, a confirmé la mère de famille, et la fille du guichet a hoché la tête derrière elle. Pauvres enfants ! Vous devriez aider ce garçon...

– C'est tellement triste, a renchéri le vieux monsieur. Allez... Un petit boulot le samedi !

Les alliances étaient en train de se renverser. Soudain, j'ai pris conscience qu'il n'y avait plus que Gradual de mon côté. Nous étions tous les deux unis par la même volonté : que je ne travaille pas dans cette banque ! En particulier parce que je prévoyais de la braquer, même s'il n'en savait rien. Ça ne posait sans doute pas de problème à Rita, dans sa tenue Nike Ange de la Mort, mais je serais évidemment la première personne sur la liste des suspects dès que l'argent aurait disparu : le super ado tout juste embauché, vu en train d'observer de près les distributeurs, tout en prétendant travailler sur un projet pour l'école... Lui qui avait toujours été si discret, si sympathique !

– Je ne sais pas, ai-je répondu en fixant mes Converse sales.

– Je ne sais pas, a répété Gradual, en fixant ses chaussures en cuir bien classe.

– On a le programme d'apprentissage à mi-temps, a suggéré la fille au guichet en levant les pouces.

– Le pauvre gosse, a dit le vieux monsieur. Il est orphelin.

– Bon, il faudrait que je puisse jeter un œil à ton CV, a déclaré Gradual. Et tes parents sont vraiment morts ?

– Hummm, ai-je grommelé, puisque de ce que j'en savais, mes parents étaient toujours en vie.

– Oui, a soufflé Rita. Vraiment morts. Carrément morts, même.

– Mes parents aussi sont décédés. Un accident de la route. Bon, écoute... Comment tu t'appelles ?

– Euh, je ne sais pas trop si..., ai-je commencé.

– Dylan, a répondu Rita.

– Dylan, a répété Gradual. Peut-être qu'on va être en mesure de te trouver un petit quelque chose. Figure-toi que notre stagiaire vient de nous quitter.

Des hourras étouffés se sont fait entendre dans l'agence.

– Mais sache que ce n'est pas parce que tu es encore à l'école qu'on attend moins de rigeur de toi. Bien au contraire.

– Un grand merci, a répliqué Rita. On vous envoie tout par e-mail très vite.

– Mon adresse est sur le site internet. Ou vous pouvez aussi repasser me déposer le CV. Selon ce qui vous arrange le plus.

Il avait dit « selon ce qui vous arrange le plus ». C'était un sacré changement d'attitude pour un homme qui me beuglait dessus trois minutes plus tôt. Et Gradual n'avait pas vraiment l'air d'un type très « selon ce qui vous arrange le plus ».

– Merci encore, a lancé Rita en lui serrant la main comme une possédée.

Il avait l'air stupéfait.

– Serre-lui la main, m'a-t-elle glissé.

– Bon, on doit quand même voir son CV. Et il faut une lettre de motivation. Ce poste du samedi est plus réservé à la formation qu'à un vrai travail, donc la rémunération ne sera pas terrible.

Là, il s'adressait au public. Il tentait de reprendre l'avantage sur Rita. Ça avait été plus simple pour lui avant qu'elle ne déboule. Plus simple pour moi aussi.

Après ça, j'ai fait ce que je devais : j'ai serré sa main. J'ai dit merci. Et on a mis les voiles. Avec un petit signe à la fille du guichet, à la mère de famille et aux deux retraités.

Une fois dans la voiture, j'ai attaché ma ceinture avant de demander à Rita de m'expliquer ce qui venait de se passer.

– Je t'ai procuré un accès à la banque, voilà tout, a-t-elle déclaré. Tu es notre infiltré.

– Je n'ai aucune envie de travailler là, Rita. J'ai quinze ans et je suis censé réviser mes examens.

– Et moi je n'ai pas envie d'un frère ingrat, alors dis-toi qu'il y a des choses qu'il faut supporter. À part ça, t'as vu la couleur des dents du gars ? Dégueu !

Elle a mis le contact et sorti la voiture en marche arrière. Une Range Rover qui passait juste à ce moment nous a klaxonnés, mais ça n'a pas ému Rita.

J'ai repensé à ce que Papa m'avait dit sur le fait qu'être un adulte, ça impliquait de gérer un paquet de gens nous demandant de faire des trucs qu'on n'avait pas envie de faire.

– Comment tu savais que les distributeurs n'avaient pas de ports USB ? ai-je demandé. Tu t'es pointée en déblatérant sur la mort de nos parents et en mendiant un boulot pour moi, mais tu n'as posé aucune question sur ça...

– Tu ne vas pas te comporter comme un crétin toute ta vie, quand même !

« Très bien, ai-je songé, en ayant l'impression que ma tension faisait un bond. Je vais l'accepter, ton boulot. Et tu sais ce que je vais faire aussi ? Je vais braquer cette banque et piquer des dizaines, des centaines, voire des milliers de livres, et là, on verra bien qui est le crétin quand tu pleurnicheras pour que je t'achète un MacBook Air. »

J'ai continué à cogiter. Même si tout allait de travers et que je ne parvenais pas à braquer cette banque, au moins j'aurais gagné un peu d'argent. Je pourrais offrir à Beth un de ces minuscules miroirs que les femmes ont dans leur sac à main. Voilà un cadeau sympa ! Avec un petit motif de baleine en strass. Je lui montrerais que je comprenais bien les femmes. Pas comme Harry, par exemple. Et, bien sûr, ça ne coûterait sans doute pas des milliers de livres et ça ne remplacerait pas sa maison brûlée, ça ne suffirait même pas à payer la caution de son appartement, mais, comme le dit Maman chaque année à Noël, c'est l'intention qui compte.

– Peu importe, ai-je finalement lancé. Peu-im-por-te.

Au moins, Maman et Papa seraient contents. J'avais trouvé du boulot.

CHAPITRE 18
RIEN N'EST GRATUIT, PAS MÊME L'ARGENT VOLÉ

Maman a obligé Rita à me conduire à la banque. Ma sœur ne s'est même pas donné la peine de se plaindre. Elle était tout sourire. Ses résultats d'examens venaient d'arriver, et elle était admise à l'université de Manchester, son premier choix. Maman et Papa lui avaient offert un mini-ordinateur portable pour l'occasion, le genre de camelote qu'on peut acheter sur Amazon et qui est cent pour cent plastique, un peu à l'image du rictus de Rita quand elle avait déballé le paquet.

– Imagine que tu envoies un SMS à quelqu'un, mais que cette personne ne te répond pas, même si tu sais qu'elle a bien reçu le message. Ça t'est déjà arrivé ? ai-je demandé, en toute innocence.

Mon coude dépassait par la fenêtre ouverte. Comme j'étais censé passer la matinée enfermé dans une banque, évidemment le soleil brillait.

– Il s'agit d'une fille, Dylan ?

– Non, ai-je répondu.

(Mais bien sûr, c'était le cas. La veille, j'avais envoyé un message à Beth pour lui parler de mon boulot. J'avais par erreur ajouté une émoticône fantôme, mon doigt avait ripé. Je voulais mettre celle qui pleure.)

– C'est celle dont la maison a cramé ?

– Non, ai-je menti.

– T'en fais pas, a dit Rita. Soit elle t'aime, mais ne veut pas le montrer. Soit elle te déteste, et elle s'en fiche complètement.

Les yeux froids et assassins de Rita étaient dissimulés derrière une paire de fausses lunettes Ray-Ban. Elle m'a déposé sur le parking et m'a souhaité bonne chance.

– Fais comme si c'était un petit job banal du samedi matin. Comporte-toi normalement. Ne te fais pas remarquer.

Dans *Le parrain*, il y a un passage où Michael Corleone, le personnage joué par Al Pacino, retrouve un commissaire de police et un autre type (de la mafia ?) dans un restaurant. Ils font confiance à Al parce qu'il n'est pas encore tout à fait impliqué dans la famille.

Ce qu'ils ignorent, c'est qu'il y a un pistolet caché dans les toilettes. Avec le son du métro en arrière-plan, Michael est fouillé, puis il mange un plat de pâtes, avant de les prier de l'excuser pendant qu'il file aux toilettes, qu'il trouve le pistolet et qu'il revienne les abattre tous les deux. Il y a une tension folle dans cette scène.

En rentrant dans la banque ce samedi matin, je me sentais exactement comme Michael Corleone.

Une heure plus tard, je me tenais dans un cagibi pour ranger les balais, et je contemplais de la vapeur sortir d'une petite bouilloire en plastique qui ne permettait pas de remplir plus d'une grande tasse. La peinture autour de l'unique ampoule basse consommation s'était craquelée, témoignant de nombreuses années à supporter la vapeur du thé brûlant destiné au directeur de l'agence. À chacun de mes mouvements, la lumière projetait des ombres bizarres et lourdaudes sur le mur.

Je n'imaginais pas une seconde Al Pacino à ma place.

– Du lait, deux sucres, répétais-je comme un mantra.

Je portais un pantalon gris et une chemise blanche, empruntés à mon uniforme scolaire. Ils m'avaient dégotté une cravate de la banque. Rouge, avec l'extrémité élimée, et qui avait l'air d'avoir pris feu.

À force de chauffer, l'eau bouillonnait d'excitation. La bouilloire s'est coupée automatiquement. J'ai attrapé mon téléphone dans la poche de mon pantalon pour vérifier l'heure. Dix heures. Il restait encore un bon moment avant que je puisse enfin rentrer chez moi. Peut-être l'équivalent de deux matchs de foot. Qui durent une éternité. Surtout quand c'est Palace qui joue. Combien de tasses de thé Gradual allait-il encore exiger ? J'ai vérifié mon autre poche : la clé USB s'y trouvait toujours. Ce serait une très mauvaise idée de l'égarer.

Un klaxon a retenti.

Aussi fort qu'un moteur à réaction. J'ai sursauté, et j'ai bien failli faire tomber la tasse « QUAND JE SERAI GRAND JE VEUX ÊTRE DIRECTEUR DE BANQUE » de Gradual qui était posée sur le mini-frigo. C'était un bruit à mi-chemin entre le hurlement et un bus en marche arrière, qui avait non seulement envahi toute la pièce mais aussi mon crâne, en se répercutant d'une oreille à l'autre. En titubant, je suis sorti du cagibi / station de ravitaillement des employés pour me diriger vers le couloir du fond. Que se passait-il ? Un incendie ? Je ne voyais pas de fumée ; la climatisation semblait fonctionner et diffusait un air qui empestait le métro. Le couloir était désert, et l'alarme poursuivait sa pulsation insistante. J'ai tenté d'ouvrir la première porte sur mon chemin. En vain. Sécurité. J'ai pris une carte en plastique, format carte de crédit, de ma poche et je l'ai appliquée contre le lecteur fixé au mur. Une LED au-dessus du boîtier a clignoté en vert et la porte s'est ouverte sur les guichets – pas du tout l'endroit où je voulais aller. C'était un espace clos encore plus éloigné de la sortie. Assise derrière son guichet, les coudes sur le bureau, se trouvait Jaz, que Gradual m'avait présentée sous le nom de Jasmine. Il l'avait décrite comme « ayant une efficacité inversement proportionnelle à l'intensité de sa soirée de la veille ». À cet instant précis, elle avait les yeux rivés sur deux clients, qui n'étaient pas n'importe qui : Dave, la brute du bahut / fan de barres chocolatées Lion, accompagné de son père. Tous les deux se bouchaient les oreilles en faisant la grimace, figés telles des statues hideuses. Ma première pensée a été qu'ils étaient en train de braquer l'agence ! Ce qui était parfaitement injuste ! J'étais là avant ! Mais ensuite, je me suis dit qu'ils se comportaient tout de même bizarrement pour des voleurs, parce qu'avec l'alarme, ils auraient plutôt eu le réflexe de fuir.

J'ai fait un pas vers Jaz.

– Jaz, ai-je lancé, mais elle ne pouvait pas m'entendre à cause du klaxon ininterrompu qui nous vrillait le cerveau et transformait nos synapses en poissons échoués sur la berge.

Dave, les mains toujours sur les oreilles, a levé légèrement la tête en me reconnaissant.

L'alarme s'est arrêtée pile au moment où j'ai hurlé « Jaz ! ». Elle a sursauté en entendant son nom. Puis elle s'est tournée et a froncé les sourcils, avant de pivoter à nouveau pour adresser son meilleur sourire à Dave et à son père, qui ont enfin pu décoller les mains de leurs oreilles pour l'entendre s'excuser à cause l'alarme. Il n'y avait personne d'autre dans l'agence.

– Ça arrive de temps en temps, a-t-elle expliqué. Aucune raison de s'inquiéter.

Mais le père de Dave regardait dans ma direction en me désignant du doigt et, l'espace d'un court instant, je me suis demandé s'il n'allait pas m'accuser d'avoir fait arrêter son fils pour l'achat d'un pistolet électrique. Puis je me suis rappelé que je n'avais fait qu'imaginer cet évènement hautement réjouissant. Il a cligné des yeux en fixant mon badge.

– Dylan, a-t-il déclaré un peu trop fort, sans doute parce que son ouïe s'ajustait encore à l'absence d'alarme. David, ça ne serait pas ton copain ?

David m'a jeté le même regard que lorsqu'il s'apprête à me traiter de pédé ou à me voler mon Lion, mais – sans qu'il fasse l'un ni l'autre – son visage s'est adouci comme s'il venait de lâcher un pet, et il a dit :

– Ouais. Dylan, comment ça va, mec ?

J'ai hoché la tête.

– Ben, tu vois. Dans une banque. Petit boulot du samedi...

– Carrément, a répondu Dave.

Son père s'est tourné vers Jaz.

– Il ne vous reste pas quelques postes à pourvoir, par hasard ? Si nous avions été au courant de cette opportunité nous nous serions immédiatement présentés avec David.

Soudain, sa voix a pris une intonation bizarre, plus basse et mal assurée :

– Je suis content pour toi, Dylan.

– Je..., a bredouillé David.

– Nous souhaiterions ouvrir un compte pour David avant son départ pour l'internat.

– L'internat ? ai-je répété. Il est interné ?

– Non, a rétorqué Dave.

– Il part en pension, a expliqué le père de Dave. Il a besoin de prendre un peu l'air. Tu as entendu l'histoire du Lion ?

J'ai fait signe que non.

– Figure-toi qu'il a exigé d'un policier en civil qu'il lui donne sa barre chocolatée. N'est-ce pas, David ?

– Papaaaa, a gémi Dave. Je pensais que c'était un gamin.

Son père a secoué la tête, puis il a ouvert la bouche pour dire quelque chose, avant de se raviser en fixant un point derrière moi. Je me suis tourné. Gradual se tenait là, avec son sourire de fouine. J'avais déjà remarqué sa capacité à apparaître sans crier gare, comme s'il était capable de se téléporter silencieusement de pièce en pièce. (En même temps, s'il possédait vraiment ce pouvoir, il l'utiliserait probablement dans un but plus lucratif / spectaculaire que juste diriger une banque de banlieue – et pour commencer, il se ferait peut-être muter dans un coin plus chic.)

– Thomas, a-t-il commencé.

– Dylan, ai-je corrigé, tandis qu'il offrait un sourire gêné aux clients, tout en clignant des yeux.

– Je sais, merci. Je te cherchais, j'ai besoin de toi pour faire un truc. Jasmine, quand tu en auras terminé avec ces messieurs, pourrais-tu passer un coup de fil au commissariat de Bromley pour leur dire que c'était encore à cause d'un pigeon, même s'ils n'ont pas l'air de s'affoler. Je te remercie.

Il a ouvert la porte et j'ai regagné le couloir. Gradual m'a emboîté le pas en gardant la main sur la porte pour l'empêcher de claquer. J'ai attendu le clic du mécanisme de fermeture. Il a souri en me disant ces quelques mots, tout en révélant ses dents tachées de café :

– Première chose : tu ne reprends pas ton directeur devant des clients. Ça ne donne pas une bonne impression. Deuxièmement : où est mon thé ? Troisièmement : t'es à l'aise avec les oiseaux ?

CHAPITRE 19

POUR ÊTRE UN BON VOLEUR, IL FAUT ÊTRE UN BON COMÉDIEN

Consistant en un simple cube dans un coin de la pièce, les toilettes étaient unisexes et donc une source d'angoisse absolue puisque je craignais de tomber sur Jaz en y allant. Étrangement, l'espace était plus vaste que le cagibi à balais / point de ravitaillement en boissons chaudes. Dans l'angle, encadré par deux parois en plastique qui ressemblaient à des couvercles de cercueils premier prix, se trouvait le trône lui-même. À part un lavabo, une poubelle, un séchoir à mains et un miroir ébréché, le reste de la pièce était vide.

Je me tenais près de la porte et je contemplais cet espace inexploité, les mains derrière le dos. Il y avait une odeur qui flottait dans cette pièce. Une odeur de volatile. Celle légèrement acide d'un oiseau malade qui avait fait caca partout. Et j'avais les yeux fixés sur l'origine de ce désastre : un pigeon. Lui aussi m'observait de ses minuscules yeux cerclés de rose, un peu comme Dave l'avait fait quelques minutes plus tôt. Il était posé sur la porcelaine blanche du lavabo, juste à côté d'une bouteille de savon liquide à la lavande. Sur le mur du lavabo se trouvait une petite fenêtre avec des barreaux. Malgré un écriteau fixé juste en dessous, qui prescrivait (en police Comic Sans MS), « NE JAMAIS OUVRIR CETTE FENÊTRE », la fenêtre avait été ouverte. Gradual m'avait raconté que les pigeons du quartier prenaient un malin plaisir à se faufiler entre les barreaux et à déclencher l'alarme de la banque, d'une façon ou d'une autre. Et visiblement, gérer ces intrus incombait toujours à la jeune recrue du samedi matin.

Le pigeon s'est mis à roucouler. C'était un son assez apaisant, comme pour me dire : « Salut, mon frère. Au moins, j'ai profité des toilettes pour faire mes petites affaires. » Des deux autres employés que j'avais eu l'occasion de rencontrer, à part Max Gradual, je ne voyais que Tom comme responsable potentiel de l'ouverture de la fenêtre. C'était un gars tout en bras et en jambes, le genre qu'on prendrait pour un joueur de basket en le croisant dans la rue. Quand Gradual nous avait présentés, il m'avait adressé un très grand sourire, comme s'il était fou ou posait pour une pub de soins dentaires (avant qu'ils ne soient effectués).

– Dis-lui, avait suggéré Gradual. Comme ça on n'en parle plus...

Toujours avec le même rictus, Tom s'était expliqué :

– Quand j'avais six ans, un lama m'a frappé à la tête. Je ne m'en suis pas trop mal tiré, mais depuis, je souris en permanence. Le lama a abîmé une partie de mon cerveau. Celle qui contrôle les muscles zygomatiques.

– Wouah, avais-je répliqué. Un peu comme le Joker.

– Le Joker n'a jamais été frappé par un lama, avait corrigé Jaz. Mais ça va, n'est-ce pas, Tom ? Ça pose juste un problème quand il faut refuser un crédit ou recueillir une plainte d'un client.

– Oui, les gens n'apprécient pas trop qu'on affiche un sourire quand ils viennent se plaindre...

Tom avait enchaîné une série de gros mots pour nous faire comprendre à quel point les clients pouvaient être irrités par son sourire. Gradual lui avait alors demandé de surveiller son langage, tout en lui rappelant qu'il lui avait déjà fait la remarque, et en mentionnant que l'autre dégât causé à son cerveau concernait sans doute la mémoire.

Je n'avais pas de plan pour le pigeon. Et ce qui me chiffonnait, ce n'était pas seulement que me demander d'attraper l'oiseau était injuste, mais aussi que le temps ainsi perdu à capturer des pigeons aux toilettes n'allait pas m'aider à déterminer si les distributeurs de billets avaient un port USB ou pas. Par ailleurs, exiger que je me débatte avec ce pigeon n'était pas très correct, dans la mesure où je n'avais même pas de gants. Je supposais que ses plumes allaient être aussi graisseuses que les cheveux de Papa après un week-end passé allongé dans le canapé.

La porte s'est ouverte, en me propulsant un peu plus en avant dans la pièce.

– Désolé, a dit Tom depuis le couloir.

Il se tenait là, souriant, posté à côté d'un chariot à plateau sur lequel était posée une boîte en carton bien petite en comparaison de la taille du plateau. Pourquoi ne pas la porter avec ses deux mains, tout simplement ? J'étais en train de découvrir à quel point le monde du travail (et par extension, celui des adultes) était dépourvu de sens.

– Pas de problème, ai-je déclaré. Je ne faisais rien de...

Je ne savais pas comment tourner ma phrase.

– Enfin, je ne faisais pas caca.

Tom s'est avancé pour jeter un œil dans la pièce.

– Pas comme ce pigeon, a-t-il observé. J'ai entendu l'alarme.

Il souriait toujours. Avec ce même sourire qu'il avait affiché toute la matinée.

– Tu veux que je te montre comment choper ce petit enfoiré ? Tiens-moi la porte ouverte et ne dis rien à Max.

Je me suis exécuté tandis qu'il manœuvrait le chariot à l'intérieur de la pièce. Puis il m'a demandé de fermer la porte à clé. J'ai hésité. La seule fois où j'avais été enfermé dans des toilettes avec quelqu'un, ce quelqu'un était mon père. Franchement, avoir un boulot m'ouvrait tout un monde d'expériences nouvelles.

– Aide-moi.

Il a sorti un cutter de je ne sais où. Avant que je ne puisse m'inquiéter en pensant à cette lame et à ce pauvre pigeon, il tailladait le papier ruban marron qui scellait la boîte en carton. Après avoir écarté les rabats, il en a sorti trois paquets, deux noirs et un gris. Au total, ils n'étaient pas bien gros : ils auraient tous tenu dans la boîte de mes Converse. Mais à la lumière, j'ai aperçu ce qu'ils contenaient...

Des billets de banque.

Tom a pris la boîte en carton vide, qui devait faire la taille d'un frisbee, et tout en la tenant devant lui, il m'a dit de bien regarder pour savoir comment procéder. Il s'est avancé droit sur le pigeon, en se déplaçant sur ses jambes télescopiques. Une fois arrivé tout près du lavabo, il a plongé et a retourné la boîte ouverte sur l'oiseau.

Succès total ! On a entendu un raffut de plumes, comme les pages d'un livre feuilleté à toute allure. Tom a soulevé la boîte légèrement, en faisant glisser le côté ouvert contre le mur. C'était la même technique que quand on attrape une araignée avec un verre. Mais transposée à un pigeon et à une boîte en carton.

La boîte tremblait et Tom a juré, mais il a réussi à la faire glisser jusqu'à la fenêtre. Après un dernier sursaut, un roucoulement sauvage et une volée de plumes, le volatile avait disparu à travers les barreaux et vers la lumière sale du sud-est de Londres.

– C'est réglé ! a annoncé Tom. Voilà comment on se débarrasse d'un pigeon. Maintenant, tu vas pouvoir m'aider à remplir le dernier distributeur.

Les toilettes étaient constellées de plumes marron et de traces blanches, comme si l'oiseau avait protesté contre le refus d'un crédit destiné à s'offrir un nid confortable. Mais je m'en fichais complètement. Parce que j'étais arrivé au moment qui justifiait toute ma matinée. Et peut-être même tout l'été, voire toute ma vie.

TU VAS POUVOIR M'AIDER À REMPLIR LE DERNIER DISTRIBUTEUR. Voilà ce que le gars venait de me dire.

CHAPITRE 20

PRENDRE SOIN DU PRÉSENT POUR S'ASSURER QUE LE FUTUR SE DÉBROUILLE TOUT SEUL

Je n'avais même pas eu besoin de demander. En fait, j'avais traversé cette matinée en la jouant bien tranquille, sans mentionner une seule fois les distributeurs. La raison ? D'une part, j'avais la trouille de Max Gradual, et de l'autre, je protégeais ma couverture, comme Keanu Reeves dans *Point Break*.

– Ce matin, je ne remplis que deux des quatre cartouches, m'a expliqué Tom. Ce qui signifie qu'il n'y a que trente mille livres sur ce chariot.

Je n'ai pas pu me retenir de souffler. Tous ces délicats petits tas de billets empaquetés dans du plastique... Ces bouts de papier avaient le pouvoir de faire pas mal d'heureux ! Comme Beth. Ou Rita. Ou moi.

– Et donc, la machine contient combien, quand elle est pleine ?

(Ma voix tremblait lorsque j'ai posé la question.)

– Quatre cartouches. C'est le double de ce qu'on charge ce matin. Vas-y, calcule, Dylan : le double de trente mille livres, c'est ?

– Soixante mille livres.

La vache.

Parce que soixante mille livres, ça couvrirait largement la caution de Beth. Et son loyer. Et ça laisserait même un petit magot. Suffisant en tout cas pour des vacances dans un endroit où il fait chaud, en invitant par exemple un meilleur ami comme moi, et en voyageant en première classe.

Soixante mille livres.

Il fallait que j'aille faire pipi. Ma vessie résiste difficilement à ce genre d'excitation.

– Soixante mille livres, ai-je répété.

– Absolument, a confirmé Tom. C'est bien pour ça que des gens ont l'idée de défoncer des distributeurs à la pelleteuse. La somme est rondelette. Comme Pamela Anderson.

Il m'a regardé avec son grand sourire. Je ne savais pas qui était Pamela Anderson, et la blague ne me semblait pas de très haut niveau. Mais je lui ai rendu son sourire, parce qu'il s'apprêtait à me montrer l'intérieur d'un distributeur automatique.

– Bon, tu vas m'aider à remplir cette machine ? C'est assez basique. Tu as déjà remis du papier dans une photocopieuse ?

Ben non, en fait. Jamais.

– Pas de problème. Contente-toi d'ouvrir les paquets, et de me tendre les billets quand je te les demande. Ça ne prendra pas longtemps.

– Ça, ça fait trente mille livres ? me suis-je étonné.

– Ouais. Ça ne paraît pas, comme ça, hein ? Tu pourrais les glisser dans un sac à dos sans problème !

Les deux mains sur le chariot, il a fait une pause.

– T'as pas prévu de braquer la banque, rassure-moi ?

C'est quand même compliqué de savoir à quoi s'en tenir avec quelqu'un qui sourit en permanence.

Je me suis raclé la gorge.

– Hmmm, ai-je rétorqué.

– Bien sûr que non ! a-t-il conclu en baissant la voix. Parce que je vais te dire la vérité : si un jour quelqu'un braque cette agence, ce sera moi !

Et il a souri encore plus, en me demandant de déverrouiller la porte.

Le distributeur que nous devions remplir était celui de l'extérieur, dont l'accès était dissimulé derrière un panneau au bout du couloir. Aucune chance de tomber dessus si on ne le savait pas, ça ressemblait un peu au genre de trappe qu'on trouve sous les lavabos. Et la porte ne s'ouvrait qu'avec un code et une petite clé suspendue à la ceinture du pantalon noir bien trop court de Tom.

– Ça fait BOOBS[1], a-t-il dit en tapant les chiffres du code. L'ancien directeur était un type super. J'adorais ses blagues.

Il s'est agenouillé devant la machine, sa tête à peu près à la même hauteur que la mienne, puisque, comme je l'ai déjà expliqué, il avait une taille de géant. Installé ainsi, il donnait l'impression de sortir du linge d'une machine. Pourtant, ce n'était pas le cas. Parce que je n'aurais pas été en train de le fixer ainsi, en dégoulinant de sueur. Il a sorti un tiroir du distributeur et l'a laissé pendre dans le vide.

– On va commencer avec les billets de vingt. Ils sont dans les paquets noirs. Les gris, c'est pour les billets de dix. Ils pourraient décider d'opter pour des emballages carrément différents, hein, plutôt que du gris foncé et du noir, mais non, pas du tout, ça montre juste à quel point personne ne sait ce qu'il fait...

Il parlait comme s'il avait déjà répété ces phrases un sacré nombre de fois. Il regardait droit devant lui, à l'intérieur des entrailles du distributeur. Il m'a tendu sa main, au moins aussi large qu'une assiette, prêt à récupérer les billets. Même si l'idée de manipuler

1. « Nichons », en anglais (NDT).

dix mille livres d'un coup était super excitante, j'ai balancé :

– Je peux jeter un œil, d'abord ?

– Pas de problème, a répondu Tom, en s'écartant.

L'intérieur du distributeur n'avait rien à voir avec celui d'un ordinateur. J'avais imaginé une sorte de PC noir très fin, disposé sous le mécanisme, mais pas du tout. C'était juste un ensemble de pièces de plastique noir, de câbles et de vis. J'ai parcouru en vitesse l'ensemble des composants et décidé qu'il n'y avait pas de port USB. J'ai senti la déception me nouer le ventre, parce que la perspective de ces soixante mille livres avait stimulé mon imagination plus que de raison, et maintenant, à peine quelques minutes plus tard, la richesse me semblait au moins aussi éloignée que la planète Vénus. Tom a repris la parole, en agitant un index qui devait bien faire la taille d'une saucisse.

– En fait, c'est juste un ordinateur avec des morceaux de plastique qui bougent. Comme ton PC peut éjecter un DVD, s'il dispose encore d'un lecteur, ce truc-là éjecte des billets.

– Et les distributeurs dans le hall fonctionnent de la même manière ?

– Oui, à peu près. La différence, c'est qu'on les charge par l'avant.

À ce stade-là, ça aurait été plus raisonnable de la boucler, mais je n'ai pas résisté :

– Donc il y a des ports USB, et des trucs dans le genre ?

Tom m'a désigné une petite partie métallique, qui était presque entièrement dissimulée par un réseau de câbles.

– C'est là. L'ingénieur se sert de ce truc quand il veut mettre à jour le système d'exploitation. C'est un peu le même principe que quand tu effectues une mise à jour sur ton téléphone.

– C'est dément, ai-je murmuré.

Tom a confirmé d'un hochement de tête. C'était carrément dément.

– Il vient souvent pour faire ça ?

– Environ deux fois par an.

À cet instant, la clé USB dans la poche de mon pantalon s'est mise à rayonner d'une gloire divine, exactement comme les pierres magiques dans *Indiana Jones et le temple maudit*, au cas où vous l'auriez vu. Les instructions que j'avais lues prétendaient qu'il suffisait d'introduire la clé USB et la laisser quinze secondes pour que le programme ait le temps de s'installer. Ensuite, on pouvait la laisser là, mais au départ, il fallait au moins quinze secondes pour être sûr que ça fonctionne.

J'avais la clé, j'avais accès au port USB du distributeur. Mon seul problème, c'est qu'un joueur de basket au sourire ineffaçable du nom de Tom se trouvait en travers de mon chemin. Il fallait que je trouve une façon de détourner son attention, et vite.

– Bon, allez, on commence, a-t-il déclaré. D'abord, les billets de vingt.

Je me suis débattu avec l'emballage, exactement comme pour un paquet de bonbons Haribo Pik. Tom a fini par sortir son cutter. Il n'a pas voulu me le prêter :

– On ne fait jamais suffisamment confiance à un inconnu pour lui filer sa lame...

Il a ouvert le paquet en une seconde et a aussitôt décliné ma proposition de remplir la machine moi-même.

– Franchement, si tu as d'autres trucs à faire, je peux m'en charger, Tom. C'est comme une photocopieuse, c'est toi qui l'as dit...

Ses mains étaient serrées comme des pinces sur deux paquets de billets.

– Pour que tu puisses tirer vingt livres ? Oublie. Allez, passe-moi les billets, mon gars...

Il s'est retourné et ses bras ont disparu dans la machine.

Je n'avais honnêtement pas prévu de laisser tomber les billets. C'était peut-être mon subconscient qui prenait le dessus. Ce qui n'était pas très difficile... Je tenais contre moi un paquet à moitié ouvert de billets de vingt, et la scène s'est passée un peu comme dans *Alien*, quand la créature émerge de la cage thoracique d'un gars. Sauf que moi, ce sont des billets qui ont jailli. J'ai agrippé chaque côté de l'emballage que Tom avait découpé au cutter, mais l'ouverture restait aussi étroite qu'un jean de hipster. Donc j'ai calé le fond du paquet contre ma poitrine et je me suis employé à déchirer le plastique en tirant dessus. Un peu comme quand la peau d'une banane résiste anormalement. Malheureusement, j'avais sous-estimé ma force, ou surestimé la qualité du plastique. Parce que l'emballage s'est déchiré tout d'un coup, en projetant des milliers de livres dans les airs, comme des confettis à un mariage de folie. L'espace d'un instant magnifique, l'air autour de nous a été constellé de billets de vingt livres, qui retombaient en tourbillonnant vers le sol, avec le même bruit délicat que les ailes du pigeon un peu plus tôt. C'était presque une publicité pour la loterie nationale, avec un gagnant qui lance son gain faramineux dans les airs. Tom s'est écarté du distributeur. Un billet s'était déposé sur son front. Il l'a retiré, en me fixant avec son immense sourire.

– Oups, ai-je fait.

– Là, je ne souris pas du tout, a-t-il dit en contemplant le chariot et le sol autour de nous, recouverts de billets. Là, je ne souris carrément pas. Max va péter les plombs.

Il a pivoté, en glissant légèrement sur les billets, et il a placé sa main entre mes deux omoplates. J'ai cru une seconde qu'il allait devenir violent. Mais non : il m'a poussé vers le distributeur, en échangeant nos postes.

– J’ai des mains de la taille de poêles à frire, a-t-il déclaré. Occupe-toi de ramasser ceux qui sont éparpillés par là.

Comme s’il soulevait des tas de feuilles mortes avec des panneaux de bois, il a rassemblé plus de mille livres et les a laissées tomber sur le chariot. Il continuait à sourire, et c’est là que j’ai aperçu une ouverture. Je me suis mis à genoux, j’ai ramassé une poignée de billets sous le distributeur. Je les ai déposés sur le chariot, tout en vérifiant que Tom ne me regardait pas. Toujours souriant, il était absorbé par son propre tas de billets. Je me suis tourné vers le distributeur, la clé USB déjà à la main et inexorablement en chemin vers son port USB, telle une navette prête à s’arrimer sur une station spatiale, et...

CHAPITRE 21
POUR RAPPEL : TOUT LE MONDE FAIT DES ERREURS

– Thomas !

C'était Gradual, dont la voix faisait trembler le couloir, tel un séisme.

La clé USB était de retour dans ma poche, en moins de temps qu'il n'en faut pour fermer une fenêtre sur un écran.

Toujours à genoux, j'ai pivoté, pour être certain d'avoir les deux mains occupées à ramasser les billets, et j'ai affiché l'adorable sourire d'un élève d'école primaine. Gradual a remonté le couloir, ses bras se balançant au rythme de ses pas. Son visage était violacé, et l'expression qu'il affichait était l'exact opposé de celle de Tom, qui continuait à balancer les billets épars sur le chariot. J'aurais juré que sa cravate aux couleurs de la banque rayonnait d'un rouge intense. Le moment était venu pour Tom de prouver qu'il appartenait à la catégorie des types bien, en prenant la défense de l'opprimé (moi) contre l'oppression du mâle dominant.

– Dylan a fait tomber une demi-cartouche, patron, a-t-il expliqué en souriant.

Gradual s'est arrêté devant un billet de vingt esseulé. Il l'a montré du doigt. Je suis allé le récupérer à quatre pattes, juste devant la pointe de ses chaussures, avant de le tendre à Tom.

– Merci, frère, a dit ce dernier.

– Très bien, a lancé Gradual en me désignant. Toi, tu te lèves. Toi, Tom, tu vas t'assurer que tout ceci est chargé dans la machine, comme ça aurait dû l'être il y a déjà une demi-heure. Et crois-moi, s'il manque cinquante pence, je les retire de ton salaire.

Comment cinquante pence auraient pu disparaître alors qu'il n'y avait que des billets de dix et vingt livres, ça, je ne me l'expliquais pas. Gradual m'a fait signe de le suivre dans le couloir, tout en m'expliquant qu'il n'avait jamais vu ça lors d'une première journée de boulot, et qu'il allait falloir que je me rentre dans le crâne que c'était lui, Gradual, le patron, et que c'était donc auprès de lui que j'étais censé prendre les ordres, en particulier parce que Tom avait été amoché par un lama. Il s'est arrêté près des toilettes et a toqué à la porte.

– Tout le monde fait des erreurs, a-t-il soupiré. L'important, c'est la façon de les réparer. Mais je comprends qu'avec ce que tu as vécu, dans ton enfance, tu sais...

« Mon erreur, ai-je songé, c'est d'avoir décroché ce boulot. »

Comme il n'y avait pas de réponse, Gradual a ouvert la porte, tout en restant planté dans le couloir. C'est d'abord l'odeur des déjections du pigeon qui nous a frappés. Ça piquait presque les yeux, comme si ça avait gagné en intensité depuis que Tom avait évacué l'oiseau par la fenêtre. À l'école, on avait visité l'Imperial War Museum, où se trouvait une galerie dans laquelle était reconstituée une tranchée de la Première Guerre mondiale. Notre guide avait été particulièrement fier de nous expliquer que même l'odeur était proche de la réalité. Eh bien, les toilettes de la banque empestaient exactement comme cette fausse tranchée. C'était répugnant.

– Mon Dieu, a gémi Gradual en mettant un pied à l'intérieur.

Je l'ai suivi. À mon grand soulagement, il n'y avait pas de nouveau pigeon, mais l'endroit était encore plus ravagé que dans mon souvenir. Seuls quelques rares endroits du sol avaient été épargnés par les crottes, ou par les plumes, ou un mélange des deux.

Gradual agitait les bras, la bouche ouverte comme s'il voulait jurer mais se retenait à cause de son statut de directeur.

– Je me suis débarrassé du pigeon, ai-je dit, les yeux humides.

– Viens avec moi, a-t-il ordonné.

On est sortis de la pièce. Au bout du couloir, Tom était toujours à genoux. La pile de billets sur le chariot ressemblait à une préparation de feu de camp.

– C'est ton premier jour, alors je vais être indulgent, a déclaré sèchement Gradual. Mais sache que la prochaine fois que je te demande de gérer un pigeon, ça signifie non seulement le coller dehors mais aussi gérer ce qu'il laisse derrière lui.

Puis il s'est radouci un peu.

– Tu imagines si Jasmine était entrée aux toilettes ? Elle aurait fait une attaque. Ça pue la merde d'oiseau ! Et ne crois pas que j'ai oublié que tu n'as toujours pas préparé mon thé.

Je n'ai pas jugé utile de mentionner que gérer une invasion de pigeon était plutôt une tâche ingrate et que j'avais bien fait son thé mais que l'alarme s'était déclenchée à ce moment-là. Parce qu'il se tenait exactement comme un prof qui vous remonte les bretelles, et ce n'était pas le moment de défier son autorité, même s'il était en dehors des clous. Donc j'ai contemplé mes chaussures, mouchetées de crottes de pigeon, et j'ai marmonné des excuses.

– Bon attends-moi là, a-t-il conclu. Je vais te chercher un seau et de l'eau.

Il est parti d'un pas décidé et j'ai hoché la tête en direction de Tom, qui a levé un pouce et m'a lancé un grand sourire.

« Bon, ai-je songé, en tentant de me réconforter. Je suis là depuis quelques heures à peine, et même si je n'avais pas complètement prévu de faire des trucs aussi répugnants qu'attraper un pigeon et nettoyer ce capharnaüm, j'étais à deux doigts de réussir à installer le programme pour pirater le distributeur. À deux doigts ! Si l'occasion se présente à nouveau, je suis sûr de pouvoir mener l'opération à bien. Et si ce n'est pas aujourd'hui, vu que j'ai le ménage à faire, ce sera samedi prochain. »

Ensuite, la partie pessimiste de mon esprit a tenu à ajouter autre chose : « Enfin, à condition qu'on me laisse un jour m'approcher d'un distributeur... »

CHAPITRE 22
ENFREINDRE LA LOI N'EST PAS UNE PARTIE DE RIGOLADE

Les jours ont défilé, et tout d'un coup, je me suis rendu compte qu'il ne restait plus qu'une semaine avant la reprise des cours. J'avais cette boule dans le ventre que je ressentais à chaque fois que la rentrée approchait, comme une sorte de sixième sens à la Spider-Man, mais bien moins utile quand il s'agit de combattre le crime. Comme je n'avais plus passé une minute sur mon devoir d'histoire, je n'avais pas vraiment avancé sur les raisons qui avaient poussé l'Amérique à envahir le Vietnam. J'en étais toujours au même point : mille cinq cents mots écrits sur les deux mille exigés et un PowerPoint qui faisait trois slides avec des photos de soldats, d'Américains et d'hélicoptères que j'avais rassemblées à la va-vite en juin, juste après l'arrêt des cours. Le terminer n'était pas censé me prendre des lustres, mais il fallait quand même que je trouve le temps de m'y mettre.

En plus de ça, on était censés avoir lu un roman, n'importe lequel, pour le cours de littérature, et là, ça n'était pas gagné. Ça irait sans doute plus vite d'en écrire un.

Je pouvais très bien braquer une banque une fois de retour en cours. Ça pourrait même me fournir une bonne couverture, car qui commet des crimes l'année où il est occupé à réviser des examens ? Le problème, c'était que Beth devait rassembler l'argent pour la caution de son appartement avant la fin des vacances. Donc tout ça n'aurait servi à rien si je ne trouvais pas le moyen de braquer une banque avant qu'elle soit obligée de déménager chez sa tante, qu'elle détestait. Elle avait besoin de cet argent, et elle en avait besoin tout de suite. Cette seule pensée me donnait envie de me recroqueviller sous ma couette.

Mais ce n'était pas la bonne attitude. « Garde tes yeux fixés sur la cible, Dylan ! » J'avais commencé l'été en faisant brûler sa maison, il fallait que je l'achève en remettant tout en ordre, et en lui montrant combien j'avais mûri depuis l'anéantissement de la Maison Blanche. Plus de bougie népalaise parfumée. Ça, c'était le Dylan de l'année dernière. À partir de maintenant,

Dylan braquait des banques. Faites-lui confiance. Voilà ce dont il était capable ! Raison pour laquelle on lui devait le respect, au passage.

J'ai pris mon vélo, juste à côté de l'endroit où le chat de la voisine avait été empalé.

(Papa avait grossièrement gravé une pierre tombale : KEVIN, 200 ? – 2016.)

Et je me suis mis en chemin, tout en réfléchissant.

« Aujourd'hui, c'est le deuxième samedi que je passe à la banque. C'est vraiment maintenant que je dois installer le programme de piratage. Pas d'excuse. Je n'ai pas la patience de peaufiner ma couverture, et être un agent dormant ne va pas m'amuser longtemps. »

De toute façon, j'étais réaliste : après l'épisode des billets éparpillés, je n'allais pas faire long feu à ce poste. Et ce n'était pas un drame, parce que si ce boulot à la banque m'avait bien appris une chose, c'est que je n'avais aucune envie de travailler dans une banque. Ça m'avait aussi fait comprendre que je ne voulais pas me détourner de mes études et que j'avais envie de décrocher de bonnes notes pour continuer au lycée. Et c'était justement l'argument que je comptais servir à Papa et Maman quand il faudrait justifier la rupture conventionnelle de mon contrat : ça prouverait que j'avais songé à mon avenir, et on nous dit toujours que c'est primordial.

Devant l'agence patientaient Jaz, qui ressemblait à un vampire privé de sang frais depuis un moment, et Tom, avec son éternel sourire. Une barrière de sécurité en acier gris, comme celles qui sont souvent installées devant les entrées des restaurants de vente à emporter, bloquait l'accès. Jaz était absorbée par son téléphone et s'est contentée d'un « Hey ! » en guise de salut. Tom sautillait d'un pied sur l'autre, comme s'il avait été envoûté dans un corps de grenouille. En fait, il avait juste envie de faire pipi.

– Oh, mais planque-toi derrière les buissons, enfin ! a soupiré Jaz.

En se dandinant, Tom nous a expliqué que c'était hors de question à cause des oies. Une fois, un ami à lui s'était soulagé dans un buisson pas loin d'une oie, et elle lui avait chopé le machin.

– Tom ! s'est écriée Jaz, en se détachant de son téléphone et en secouant la tête. Il y a un enfant avec nous !

– Désolé, a répliqué Tom. Mais c'est la vérité. Et je peux te dire que je ne suis pas loin d'exploser, mon gars.

J'ai fait signe que j'en avais entendu d'autres.

Jaz, qui pianotait comme une folle sur son écran, s'est agacée :

– Corrige ! a-t-elle grogné. Non, Siri, je n'ai pas dit « prise de terre », j'ai dit « pris un verre »...

– T'es sortie hier ? s'est enquis Tom, toujours souriant et sautillant comme un chimpanzé.

– Grave, a répondu Jaz. Carrément. EDM, ça te parle Dylan ?

– Ouais, j'adore ce qu'ils font.

– Euh, c'est un genre musical, a corrigé Jaz.

– Electronic Dance Music, a expliqué Tom.

– Moi, c'est mon truc, a repris Jaz. Danser... Se perdre complètement dans l'instant, tu vois ?

Elle a levé les deux bras et s'est mise à tourner sur elle-même. C'était tellement gênant, je ne savais plus où regarder et en plus ça s'est éternisé.

On a entendu Gradual avant de le voir. Il est arrivé sur sa moto pétaradant avec agressivité. Il a laissé le moteur tourner tandis qu'il retirait son casque, copie conforme de celui d'Iron Man, qu'il a ensuite lancé à Tom. Ce dernier l'a attrapé au vol tout en criant :

– Faut vraiment que j'aille aux toilettes !

Mais ça n'a pas ému Gradual, qui est parti garer son engin derrière la banque, près des poubelles.

Quand il est revenu, dans sa tenue de motard en cuir – qui n'était pas loin de me faire penser à la combinaison très Guantánamo de Papa, mais en noir –, il nous a fait signe de nous écarter pendant qu'il déverrouillait la grille d'accès. Il a tourné une petite clé dans un boîtier, et la barrière s'est levée comme une herse, en s'enroulant sur elle-même tel un simple volet. Puis il y avait trois serrures sur la porte principale, dont l'automatisme était encore désactivé. Gradual a donc demandé à Tom de lui filer un coup de main pour la faire coulisser. Je me suis avancé, mais Jaz m'a retenu en m'expliquant que ce n'était pas terminé. Gradual avait vingt secondes pour entrer seul et désactiver le système d'alarme avant que nous puissions le suivre. On a donc patienté près de la porte ouverte, tandis que Gradual disparaissait derrière les guichets. Pendant ce temps, Tom gémissait comme un gamin en se tenant le bas-ventre de ses immenses mains.

Puis Gradual est réapparu dans le hall et nous a fait signe d'entrer. Tom s'est précipité aux toilettes.

On est restés plantés près des distributeurs automatiques, dont les écrans prenaient doucement vie, le temps que Gradual se débarrasse de son costume de motard, comme dans un abominable spectacle de strip-tease. Jaz nous a informés qu'elle avait une migraine atroce, pile au moment où Tom déboulait à la porte donnant sur les guichets, le visage cramoisi et les veines saillant sur son front.

– Les toilettes sont toujours fermées !

– Une seconde, a rétorqué Gradual en retirant son pantalon en cuir.

– Franchement, Max, je suis à deux doigts de me faire dessus !

– Tu aurais dû y penser avant de partir de chez toi !

Gradual prenait tout son temps. Et même une fois libéré, en chemisette blanche, cravate rouge et costume impeccable, il s'est mis à plier ses affaires en prenant autant de soin qu'un vendeur de grand magasin.

– Mais on ferme aussi les toilettes ? me suis-je étonné.

– On ferme tout, chaton, a répliqué Jaz. C'est une banque.

J'ai hoché la tête.

– Et maintenant, on fait quoi ?

– On attend. Réunion d'équipe. Tu as dû rater celle de samedi dernier. Petit chanceux.

Elle a regardé son téléphone et levé les yeux au ciel.

– Tu n'as pas idée des Snapchats que je reçois ! T'aurais pas du Doliprane, par hasard ?

Si Max Gradual était le directeur de Crystal Palace, même s'il avait une stratégie irréprochable et que les propriétaires américains lui avaient octroyé un millard de livres à dépenser pour le club, on ne gagnerait pas un match de la saison et on serait rétrogradés en deuxième division avant Noël. À cause de l'effet démobilisateur de son discours. Il a commencé par demander à Jaz de ranger son téléphone, puis il s'est enquis de l'état de la vessie et des intestins de Tom, avant de me demander si j'étais prêt, en m'appelant à nouveau « Thomas ». C'est seulement après tout ça qu'il a fait débuter la réunion du matin. Je me souviens de ses premiers mots : « Je crois que c'est Shakespeare qui a dit que... », mais honnêtement, j'ai un gros blanc sur tout ce qui a suivi. Ça a duré des plombes, et en comparaison, les deux heures de sciences physiques du vendredi après-midi m'ont paru tellement stimulantes ! Si l'un d'entre nous avait la moindre intention de se défoncer pour la gloire de Dieu ou pour celle des actionnaires ce matin, disons que le discours de Gradual aurait transformé en cendres toute étincelle d'enthousiasme pour quoi que ce soit, à part rentrer chez nous.

Quand il s'est enfin tu, on a mis quelques secondes à comprendre que c'était terminé.

– Thomas, m'a-t-il lancé, tandis que Jaz et Tom s'éloignaient, j'ai quelque chose qui pourrait te plaire aujourd'hui. Et ne t'inquiète pas, il ne s'agit pas de nettoyer du caca d'oiseau. Tu aimes l'informatique, n'est-ce pas ?

CHAPITRE 23

ÉVITER DE MÉLANGER LE TRAVAIL ET LE PLAISIR

Je me suis retrouvé installé derrière un guichet inoccupé, avec le rideau tiré pour m'éviter d'être distrait par les clients, et pour que lesdits clients ne pensent pas que j'étais guichetier, ce qui n'aurait vraiment pas été souhaitable, a précisé Gradual. À ma droite se trouvait la porte menant à la réserve et au coffre, mais je n'en avais rien à faire car j'avais arrêté un plan, et il fallait que je m'y tienne. Faire sauter la porte d'un coffre était aussi daté qu'un téléphone Nokia. Et, comme je l'avais appris dans les pièces jouées en classe, l'improvisation ne menait qu'à la punition et à l'échec.

« Concentre-toi, Dylan. »

On m'avait donné le mini-ordi portable de la banque, ainsi qu'une épaisse chemise contenant des chèques. Mes instructions, qui ne comprenaient pas une explication de la raison pour laquelle je devais faire ça, étaient de rentrer dans un tableur Excel les dates et les montants des chèques. J'avais cru jusque-là que ce mode de paiement avait disparu, mais il y avait de très nombreuses personnes âgées à Chislehurst.

J'ai dû saisir les informations d'à peu près deux cents chèques, sans pour autant faire baisser significativement la pile (certains dataient même de plusieurs années), quand Jaz a fait pivoter sa chaise vers moi :

– Lève le rideau de ton guichet, Dylan.

J'ai eu un bref moment de panique en pensant qu'elle me demandait de prendre en charge des clients. Ce dont je n'avais pas la moindre envie parce que j'anticipais aisément la réaction de Gradual, mais aussi parce que ça impliquait de parler avec des inconnus, ce qu'on m'avait formellement déconseillé de faire depuis que j'étais tout petit. Par ailleurs, j'ai toujours détesté ça. Mais Jaz m'a souri et adressé un clin d'œil, ce qui a emporté le tout.

Donc j'ai tiré sur la cordelette blanche et le rideau s'est un peu plus tassé sur le bureau. Je l'ai tiré dans l'autre sens, et il s'est levé comme une guillotine inversée. Et là, ce que j'ai vu m'a coupé toute velléité de compter des chèques, et aussi, je l'avoue, de braquer une banque.

Et bizarrement, j'ai même senti le sang pulser plus fortement dans tout mon corps, et plus spécialement vers mon visage. J'ai rougi comme si j'avais huit ans.

Beth.

Elle se tenait là, dans une chemise à carreaux rouge et noir trop grande pour elle, deux cafés à emporter dans les mains.

– Salut, D, a-t-elle lancé. Je ne t'ai pas remercié de m'avoir raccompagnée en voiture l'autre jour.

Elle souriait et ça m'a déstabilisé. Mais plus je découvrais les filles, plus je comprenais qu'être déstabilisé faisait partie du jeu.

Elle portait le collier aux dauphins. Je l'ai repéré tout de suite.

Et juste derrière elle, était planté Harry. Il était passé chez le coiffeur. Imaginez une ligne tracée autour de sa tête au même niveau que ses yeux. Juste en dessous, ses cheveux avaient été rasés. Au-dessus : la tignasse. Comme si son coiffeur avait fait une crise cardiaque avant de terminer la coupe.

– Je... Je..., ai-je bredouillé.

Jaz s'est penchée pour poser sa main sur la mienne.

– Il te remercie, a-t-elle expliqué à Beth. Va chercher ton café, allez...

Et d'un hochement de tête, elle m'a désigné la porte tout au bout des guichets.

Il y avait peu d'espace entre la chaise de Jaz et le mur, donc on a eu un petit moment gênant pour que je puisse passer en m'écrasant contre la cloison. J'ai entendu le rire de Scooby-Doo de Harry pendant que je m'excusais derrière Jaz. Mais en quelques secondes, je m'étais libéré et j'ai rejoint le hall climatisé où m'attendait Beth. Et Harry.

J'ai pris le café qu'elle me tendait et je l'ai remerciée.

– C'est un expresso allongé. Je me suis dit que c'était le genre de café que tu buvais...

Je sentais la chaleur de la boisson à travers le renfort en carton. J'ai fait comme si ça ne me brûlait pas, naturellement. De la vapeur sortait du petit trou dans le couvercle en plastique. Que voulait-elle dire ?

– Parce que c'est prétentieux, et naze, a expliqué Harry.

– Non, parce qu'ils en boivent dans les films, a corrigé Beth.

– C'est toi qui es prétentieux, ai-je répondu à Harry. Coiffure immonde, au fait.

Je me suis tourné vers Beth, qui ne souriait plus.

– Pourquoi tu traînes avec lui ? Même ma mère le trouve débile !

– C'est ta mère qui est débile, a répliqué Harry.

– C'est pas très sympa, est intervenue Beth. Bois plutôt ton café, Harry.

– Il est trop chaud.

– C'est un cappuccino, m'a dit Beth en levant les yeux au ciel, et j'ai éclaté de rire, comme si je comprenais.

– Donc, voilà, j'ai un boulot, ai-je repris, soudain conscient que Jaz me regardait.

– Oui, tu m'avais dit, a fait Beth. C'est comme ça que j'ai su que tu étais ici.

Ensuite, il y a eu un moment de silence, durant lequel j'ai supposé que Beth attendait que je dise un truc. Je voulais m'excuser pour l'envoi de l'émoticône fantôme, mais ma langue était paralysée.

– Merci pour le café, ai-je fini par marmonner.

– Il n'y a pas de quoi.

– Je vais te le rembourser.

Elle a secoué la tête tandis que de ma main libre, je farfouillais dans ma poche.

– Tu m'en offriras un à l'occasion.

« Carrément, ai-je songé. Et pas qu'un ! »

– Carrément, ai-je dit.

– J'aime bien ta cravate, a déclaré Harry. Elle est super moche.

J'ai froncé les sourcils. Ce genre d'ironie, c'était typiquement mon père. Beth s'est tournée vers Harry, avec un visage radouci.

– Harry n'est pas dans son état normal. Son chien est mort.

– Désolé de l'apprendre, ai-je dit, en m'assurant de lui décocher un immense sourire tant que Beth ne me voyait pas. Le chat du voisin a été tué par notre antenne, il y a quelque temps.

– C'est trop naze, a commenté Harry. Normalement, les chats sont censés... avoir des réflexes de chat.

– Je vais te dire ce qui est naze. C'est de dire que tout est naze.

Même si Beth n'a pas rigolé en entendant ma réponse, j'ai bien lu dans son regard qu'elle la trouvait drôle.

– C'est vrai, a-t-elle assuré. Pour le chat. Le père de Dylan me l'a raconté.

– Ouais, son père raconte beaucoup de choses. Allez, on y va ! a décrété Harry en tournant les talons. Cet endroit craint à mort. C'est tellement institutionnel.

Beth a tendu sa main, comme si elle allait la poser sur moi. Je l'ai regardée, et elle l'a laissée retomber.

– Bon, ai-je dit.

Et elle m'a souri. Elle a ajouté qu'il fallait qu'ils y aillent, mais qu'elle avait tenu à me surprendre en m'apportant un café, parce qu'elle m'avait trouvé un peu déprimé récemment.

– Non, ça va. Toi aussi ?

– Ouais. Je dirais que ça va. On déménage, a-t-elle lâché, comme si de rien n'était. La semaine prochaine.

– Je... Je...

Tout ce que je voulais lui dire, c'était qu'il fallait qu'elle patiente encore un tout petit peu, parce qu'à la même heure la semaine prochaine, elle serait en possession de milliers de livres. Mais je suis resté muet, parce que mon visage était figé dans un sourire de crétin. Et que par ailleurs, les braqueurs doivent rester discrets.

– Chez ma tante. Qui n'aime pas beaucoup les garçons. Elle préfère les chats. Elle doit être membre d'une secte ou d'un truc dans le genre. Gloire aux matous. Donc, bref, c'est sans doute un peu la fin, pour notre habitude de traîner ensemble dans la cour du collège, surtout que maintenant il faudra que je prenne le train jusqu'à la fin de l'année. Et ensuite, il faudra que j'aille dans un lycée plus près de chez ma tante. On a proposé un appartement à mes parents dans le Kent. Je ne sais pas encore ce qu'on va faire. Peut-être que j'irai là-bas dès cette année. Enfin bon, je ne sais pas pourquoi je te raconte tout ça...

– Je suis désolé, ai-je dit.

– Ce n'est pas de ta faute.

Elle avait l'air de vouloir ajouter quelque chose, mais j'ai pris les devants.

– Mais c'est hors de question que tu changes de collège ! Ou que tu ailles vivre chez ta tante.

– Hein ? Qu'est-ce que tu veux dire ?

– Tu vas trouver l'argent. C'est un pressentiment que j'ai...

– Ouais, moi aussi, j'ai un pressentiment, a commencé Harry, et il était sans doute sur le point de me traiter de naze, avant de se rappeler que je lui avais cloué le bec quelques minutes plus tôt.

Beth m'a lancé son sourire typique de Beth. Je croyais presque à ce que je venais de dire. Elle m'a adressé un petit hochement de la tête, comme pour signifier qu'elle n'avait pas juste tout compris, mais carrément tout compris de chez tout compris, puis après un signe de la main, elle a tourné les talons et suivi Harry pour franchir les portes automatiques qui se sont ouvertes avec un bruit ressemblant à celui d'un baiser.

CHAPITRE 24
CE QUI EST FAIT EST FAIT

De retour à mon bureau, j'ai vérifié que la clé USB était toujours dans ma poche, tandis que Jaz se penchait vers moi :

– On t'a déjà dit que ta petite copine ressemblait à Emma Stone ? C'est ouf de chez ouf !

– Ce n'est pas ma petite copine, ai-je répliqué sans lever les yeux de la pile de chèques, afin d'éviter que Jaz ne lise sur mon visage quelque chose que je préférais lui cacher.

– C'est bien dommage, a-t-elle conclu.

Et là, Gradual a pris la parole. Il était apparu derrière Jaz sans le moindre bruit, ce qui était vraiment flippant parce que la porte qui donnait sur le couloir de derrière, comme je l'ai déjà expliqué, est protégée par un code et fait un bruit métallique de chevalier saoul quand elle s'ouvre. Si ça se trouve, ce type était un fantôme ? Ou alors il était directement envoyé par les dieux pour m'empêcher de braquer la banque, parce qu'ils avaient lu la fin de cette histoire et savaient pertinemment qu'enfreindre la loi n'est jamais une bonne idée ?

Quoi qu'il en soit, Gradual n'était pas content car :

1. Jaz me parlait
2. Je n'avais pas fini d'enregistrer les chèques
3. J'avais un café.

Et je crois que c'était vraiment le point numéro trois qui l'agaçait le plus. Après avoir vérifié qu'il n'y avait pas de clients, il a exigé que Jaz explique pourquoi la nourriture et les boissons étaient formellement interdites sur les guichets.

– Vraiment ? a demandé Jaz.

Il a hoché la tête, les lèvres pincées.

– Parce qu'on pourrait renverser du café sur les clients, ce qui serait terrible...

– Et ? a insisté Gradual.

– Parce que ça ne donne pas la bonne image.

– Une image qui n'est pas... ?

– Professionnelle ?

(Là, Jaz ne semblait pas sûre de la réponse.)

– Exact. Je suis contrarié, Dylan. Tu m'as contrarié.

J'ai soupiré. Il m'a dit de ne pas soupirer. J'étais prêt à lui rétorquer que j'avais déjà vu la reine boire un café, et monsieur Johnson aussi, le principal du collège, et qu'on ne fait pas vraiment plus professionnel que ces deux-là. Mais l'occasion de faire le malin a été réduite à néant par une soudaine accélération des évènements. Je lui ai tendu mon café, qui fumait comme le canon d'un pistolet, et juste au moment où il s'en saisissait, la porte s'est ouverte d'un coup, tandis que Tom, les bras et les jambes dépliés, telle une mante religieuse en pleine rave party, faisait irruption dans la pièce, pile au moment où Gradual s'apprêtait à sortir, mon café brûlant à la main. Souvent quand un truc dramatique se produit, les gens ont la sensation que l'action se déroule au ralenti, mais j'ai vu dans une émission à la télé qu'en fait, c'est juste une impression. Peu importe. La catastrophe de ce samedi ne s'est pas passée au ralenti, parce que sinon, Tom ou Gradual auraient pu éviter que la main de Gradual ne heurte le bas-ventre de Tom. Sous le choc, Gradual a écrasé le gobelet en carton, dont le café a jailli comme une éruption de lave noire pour asperger le pantalon de Tom et en particulier toute la zone autour de sa braguette.

Tom, souriant comme toujours, a hurlé. La porte était encore ouverte qu'il s'était déjà rué dans le couloir, ses cris secouant les fondations de la banque. Ça ne s'est atténué que lorsqu'il s'est réfugié aux toilettes (semblait-il).

Puis la porte s'est refermée.

– Ouh là, a murmuré Jaz. Vous pensez que ça va ?

Gradual était resté figé au point d'impact, les épaules basses et les bras tendus, comme s'il nous montrait ses muscles inexistants, le gobelet de café toujours à la main, mais totalement vide. Pas une goutte n'avait taché la moquette.

– Désolé, ai-je balbutié, car j'avais l'impression qu'il fallait que je m'excuse, même si ce n'était absolument pas ma faute.

Gradual a secoué la tête très lentement. Il a fait un pas vers moi pour déposer le gobelet sur mon bureau. Une toute petite goutte noire dépassait du rebord. Il a continué à secouer la tête, puis il m'a regardé. J'ai songé que j'allais être viré sur-le-champ ou me faire sérieusement enguirlander, et je crois que j'aurais préféré être viré, mais au lieu de ça, il s'est adressé à moi d'une voix dénuée de la moindre émotion :

– Tu ferais bien d'aller voir comment va Tom.

J'ai hoché la tête. Gradual m'a ouvert la porte, et est resté avec Jaz aux guichets, sans doute pour parler de mon cas.

La main tremblante, j'ai toqué à la porte des toilettes. J'entendais des bruits de l'autre côté, mais je n'ai pas eu de réponse. J'ai essayé la poignée. La porte s'est ouverte.

Sur le sol, abandonné comme un jean dans ma chambre, gisait le pantalon de Tom. On aurait dit un couple de pythons en tissu.

Le box de l'angle était agité de grognements.

– Ça va ? ai-je demandé.

Ça s'est arrêté de bouger dans le box.

– Tom ?

– Ma peau part en lambeaux ! a-t-il braillé, la voix éraillée. Elle est rouge écarlate !

– Qu'est-ce que tu fais ?

– Je passe de l'eau. Froide.

– Tu as besoin de quelque chose ?

– Non.

J'ai entendu le petit grondement de la chasse d'eau.

J'allais quitter la pièce, quand un éclair de métal sur le pantalon de Tom a attiré mon œil. J'ai su immédiatement de quoi il s'agissait : ses clés. Je n'ai pas tergiversé, je me suis mis aussitôt à genoux pour les attraper. Tom a dû percevoir mes mouvements.

– Tu fais quoi, là ?

– Je mets ton pantalon à sécher. Il est trempé.

Je me suis mis debout, en soulevant cette masse de tissu imbibé et encore chaud. Il y avait de quoi me faire un costume complet. Le pantalon a laissé au sol une mare noire, comme s'il avait déteint sur le carrelage. J'ai incliné le bec du séchoir à mains vers le haut et j'ai posé dessus le pantalon. Puis j'ai appuyé sur le bouton « marche », sur lequel quelqu'un avait cru bon de coller une émoticône jaune et souriante. Soudain, le bruit du séchoir a envahi la pièce. Et j'en ai profité pour détacher les clés de la ceinture de Tom.

Le couloir était désert. Seules les lumières semblaient chantonner, en signe d'approbation. J'ai vérifié que la clé USB était bien dans ma poche. C'était le cas, évidemment, puisque je m'en étais déjà assuré trois minutes plus tôt. J'ai couru à l'autre extrémité du couloir en souriant, car je ne pouvais pas m'empêcher de penser que dès le lendemain, je pourrais offrir à Beth bien plus qu'un café allongé. Je lui apporterais une liasse de billets. Peut-être quand même un café allongé et en plus une part de gâteau au chocolat, ou un cookie au caramel comme il y en avait chez Nero. J'allais pouvoir me le permettre, après tout !

Je me trouvais au niveau du fin panneau de bois qui protégeait le dos du distributeur automatique. Je l'ai ouvert, tout en vérifiant à plusieurs reprises que personne n'arrivait derrière moi. J'avais peu de temps. Tom était occupé à faire redescendre la température sur ses parties intimes, mais Gradual pouvait débouler à tout moment.

Si c'était le cas, et le connaissant, on ne pouvait pas en douter, je ne voyais pas bien comment je pourrais justifier l'ouverture du distributeur avec des clés volées, autrement que par de très fumeuses références à mon projet d'école. Mais ce que j'avais à faire n'était censé prendre que quelques secondes, et j'ai récité une prière à Emma Stone et à Dieu pour qu'ils me protègent et m'accordent enfin de la chance. J'ai repéré la seule clé suffisamment petite pour ouvrir le distributeur, je l'ai introduite dans la serrure, et quand elle a tourné avec facilité, j'ai su au fond de mon cœur que mon moment de gloire était arrivé. C'était si bon. Comme quand Crystal Palace a battu le club de Sheffield Wednesday lors du dernier match de la saison et a ainsi évité la relégation en League One.

Il restait le code à entrer, et je pensais le connaître (indice : Tom avait dit BOOBS, samedi dernier), mais alors que j'avais la clé USB dans la main gauche et les doigts de la main droite filant vers le clavier pour saisir le premier chiffre, vous n'allez pas le croire :

UNE ALARME HYPER FORTE S'EST DÉCLENCHÉE.

CHAPITRE 25
PERSONNE N'A JAMAIS DIT QUE BRAQUER UNE BANQUE ÉTAIT SIMPLE

Tous les repas que j'avais pu ingérer au cours de ma vie ont choisi ce moment pour bombarder mon œsophage de remontées acides. Mon cœur a triplé de volume au point d'être à l'étroit dans ma cage thoracique. Je n'entendais pas mes jurons compulsifs et ma respiration haletante à cause du hurlement ininterrompu, digne d'un raptor, de l'ALARME. J'ai claqué la porte du distributeur, je l'ai verrouillée en hâte, puis j'ai refermé le panneau en bois. J'ai fourré le trousseau et la clé USB dans ma poche. L'ALARME continuait à brailler, mais je me suis rendu compte que ce n'était pas la même que le samedi précédent. Je me suis éloigné de quelques pas du distributeur, et là, j'ai compris ! Un nuage gris semblable à celui que produisent les vapoteurs s'échappait de sous la porte des toilettes. Je me suis précipité en même temps que Gradual sortait des guichets et on s'est retrouvés devant les toilettes. Tom est sorti à cet instant, en portant son pantalon dans les mains, plutôt que sur ses jambes. De façon tout à fait étonnante, le tissu produisait à la fois de la fumée qui s'élevait en volutes sombres, et des sortes de larmes noires.

– Mon pantalon a pris feu, a-t-il expliqué. Sur le sèche-mains.

Ses sourcils étaient arqués et ressemblaient à deux chenilles mortes.

Gradual n'a même pas dit un mot et nous a plantés là pour filer dans son bureau. L'alarme s'est arrêtée peu après. Il devait pouvoir l'annuler de son poste.

La fumée se dissipait déjà, à la manière d'un pet de fantôme, mais le couloir conservait cette odeur lourde de poils brûlés, qui reste bien présente au fond de la gorge.

– Bon, a déclaré Tom, qui se tenait devant moi dans son caleçon, assez grand pour me servir de pantalon. S'il pose la question, je lui dirai que c'est toi qui l'as mis sur le sèche-mains. On parle de ma carrière, là, Dylan. J'ai travaillé bien trop dur pour la voir disparaître en fumée comme mon pantalon.

J'ai hoché la tête, et j'ai pris son trousseau dans ma poche. J'avais un peu la nausée.

– J'ai tes clés. Je les ai trouvées sur le sol des toilettes. J'ai pensé que ça te rendrait service que je ne les laisse pas traîner, parce que si c'était Gradual qui était tombé dessus...

En souriant, il a pris les clés et a disparu dans les toilettes.

Je suis retourné aux guichets. Jaz discutait avec un type qui portait une casquette de baseball. Je me suis assis devant ma pile de chèques, tout en sentant la toile de mon pantalon se tendre, et la clé USB s'enfoncer dans ma cuisse. En cours de culture religieuse, je me souviens qu'on nous avait parlé de ces chrétiens fous qui choisissent de porter un cilice, une sorte de tunique en crin qui râpe leur peau et leur permet de garder en mémoire le péché, Dieu et le tourment incessant de pratiquer une religion. (Et d'ailleurs, monsieur Franzen, notre prof de culture religieuse, affirmait qu'être prof de culture religieuse produisait le même effet.) La morsure de la clé USB me rappelait ces interminables cours, mais aussi le peu de temps qu'il me restait avant que Beth ne soit expulsée de son appartement à la fin du mois. En comptant aujourd'hui, il ne restait que neuf jours avant la rentrée. J'ai sorti mon téléphone de ma poche pour me livrer à quelques petits calculs.

9 jours, c'est 216 heures. 216 heures, c'est 12 960 minutes. 12 960 minutes, c'est 777 600 secondes.

Le temps, c'est le cilice suprême.

J'ai sursauté quand Jaz a tapoté sur mon épaule et m'a proposé un truc à boire. J'ai fait semblant de tousser, et après m'être raclé la gorge, je lui ai demandé si elle plaisantait.

– Un café noir, c'est ça ? a-t-elle insisté.

Les cernes sous ses yeux étaient aussi sombres que le casque de Darth Vader, et elle n'avait pas l'air de rigoler.

– Ça ne va pas rendre Gradual furieux ?

Elle a reculé sur sa chaise à roulettes pour s'écarter du bureau et m'a désigné l'espace en dessous. Trois mugs étaient posés là.

– Faut savoir être discret. Ce qu'il ignore ne le met pas en boule.

J'avais envie de boire quelque chose, mais pas spécialement un café. J'avais peur que ce soit la drogue qui m'ouvre les portes du monde adulte. Après ça, je me mettrais à porter du velours, à lire le journal et à mettre des collants en Lycra pour aller pédaler dans la campagne. Donc j'ai répondu que c'était bon.

Jaz est revenue en me tendant une tasse fumante. Ça aurait été carrément maladroit de dire que je n'en avais pas envie, donc j'ai fait comme si la porcelaine ne me brûlait pas les doigts, et j'ai vite planqué la tasse près de mes pieds, tout en jouant le gars qui avait l'habitude de boire du café.

Jaz s'est installée à son poste et s'est mise à boire à petites gorgées.

– Le remède noir, a-t-elle déclaré. Selon l'expression des Sioux.

– Des sous ? ai-je répété.

Jaz a éclaté de rire et j'ai fait comme si je comprenais parfaitement pourquoi.

– Les SIOUX, les Amérindiens, a-t-elle expliqué. Je les adore. Leur mode de vie, tout ça... Je sais bien qu'à Chislehurst, on a un étang et des canards, mais imagine la vie dans un tepee, dans le parc de Yellowstone.

J'avais déjà été camper, cinq ans auparavant, avec l'école, et j'en conservais un souvenir épouvantable. En ce qui me concerne, l'air frais me donne des gaz.

Jaz a gardé un air bizarre un petit moment, très tepee et totem. Heureusement, elle a fini par se reconnecter à la réalité et m'a demandé ce que Gradual m'avait filé à faire.

– Je dois rentrer ces chèques dans un tableur Excel.

– Pourquoi ?

– Aucune idée.

Je devais avoir une drôle de tête parce qu'elle m'a lancé le même sourire que je repère parfois chez les femmes plus âgées quand elles me parlent. Elle a dit que je me débrouillais bien, car j'avais réussi à rester plus longtemps que les autres apprentis embauchés le samedi.

– Mais c'est seulement mon deuxième samedi.

– Tout à fait, a-t-elle répliqué avant de se tourner pour répondre à un client.

J'ai siroté mon café tout en travaillant. D'abord parce que Jaz me surveillait du coin de l'œil. Elle était convaincue que j'aimais le café mais que j'avais peur de Gradual. Est-ce que les gens apprécient cette boisson POUR DE VRAI ? Peut-être que c'est un goût auquel on s'habitue. Comme Buster Keaton, il faut sans doute persévérer.

Un peu comme pour braquer une banque.

CHAPITRE 26

QUAND ON COMMET UN CRIME, MIEUX VAUT ÉCHOUER AVANT QUE PENDANT

Un truc étrange s'est produit, une fois mon café terminé. Je me suis concentré sur les données saisies. Quand j'ai tendu la liasse de chèques à Gradual en lui montrant le tableur complété, il a carrément souri.

– J'ai réussi, ai-je annoncé.

(Par sourire, je veux juste dire que Gradual a ouvert les lèvres pour laisser apparaître ses dents tachées de café.)

– Au fait, Tom a dû rentrer chez lui, nous a-t-il informés. Physiquement, ça va. Mais psychologiquement, il va lui falloir un peu de temps.

– C'est tellement injuste, a murmuré Jaz. Devoir rentrer à la maison si tôt...

Elle a levé les yeux vers l'horloge, avant d'ajouter sur le ton d'un commentateur de match de lutte :

– Mais, hé, hé ! C'est... le... week-end ! On va pouvoir rentrer, nous aussi !

– Presque, a confirmé Gradual en disparaissant avec les chèques et le mini-ordinateur portable.

Je me suis levé de mon siège et me suis étiré comme un joueur de foot professionnel. Avant de passer à autre chose, il fallait que j'aille me soulager la vessie, donc je me suis excusé auprès de Jaz, qui balançait des trucs dans son sac en répétant : « Vite ! Vite ! Vite ! » Dans les toilettes flottait encore une odeur de pantalon brûlé, mais ça m'était égal. C'était de toute façon préférable à la puanteur habituelle.

Pendant que je faisais ma petite affaire, j'ai réfléchi à toutes les activités sympathiques qui allaient pouvoir occuper mon après-midi. Et la meilleure de toutes était sans aucun doute de retourner au lit.

Il y a eu un bruit étouffé dans la porte, comme un coup d'épaule.

– Je suis là ! ai-je lancé, mais personne n'a répondu, ni essayé d'ouvrir à nouveau.

J'ai reboutonné mon pantalon, et je suis sorti du box en heurtant la porte, comme si j'étais une auto-tamponneuse. Pour être franc, je n'ai pas pris la peine de me laver les mains, car comme Jaz l'avait fait remarquer, on était en week-end, et j'étais pressé de rentrer chez moi. L'échec de l'installation de la clé USB me collait à la peau, mais je me morfondrais sur mon sort une fois sous la couette. Maman achetait en général des beignets à la confiture le samedi matin, et si j'installais le programme la semaine prochaine et que je parvenais à retirer l'argent le même jour, je serais encore dans les temps pour sauver Beth. Y compris si elle avait déjà déménagé de la tour, il y aurait de quoi louer une maison dans un quartier sympa, comme Bickley par exemple.

Quand j'ai essayé d'ouvrir la porte des toilettes et que ça n'a pas marché, je me suis rappelé que je l'avais verrouillée dans un instinct de protection de ma petite intimité, et que ceci expliquait cela. Et j'avais raison : j'avais bien mis le verrou. Mais une fois poussé le petit loquet dans l'autre sens, j'ai actionné la poignée... et rien. Mon esprit a implosé telle une étoile morte, aussitôt consumée par une matière noire qui prenait lentement en compte la signification de ce panneau de bois qui refusait de bouger. J'ai actionné la poignée comme un fou, mais ça n'a pas résolu le problème.

Le problème de la porte fermée.

– Hé ! ai-je crié. Je suis dans les toilettes !

Ma voix a résonné dans la pièce, mais de l'autre côté de la porte ne me parvenait que le silence, comme si cette planche de bois délimitait la frontière entre notre monde et le vide béant. J'ai tapé sur la porte, d'abord avec la tendre paume de mes mains. Puis de mes poings serrés. Puis j'ai tambouriné contre cette porte sans pitié. J'ai hurlé, j'ai vociféré. J'ai geint un peu, aussi.

Rien.

Je me suis tourné pour m'adosser contre cette fichue porte. Elle était fraîche. Le nylon bas de gamme de ma chemise collait à ma peau. Pas de panique. On n'est pas en 1979. Tu as ton téléphone. J'ai caressé ma cravate rouge. Mon téléphone ! Ouf ! Vive la technologie. Sauf que je ne savais pas qui appeler. Pas Beth, évidemment. J'ai ouvert internet et trouvé le site de la banque. J'ai cliqué sur « Localiser l'agence la plus proche », et le nom de Max Gradual est apparu, avec un numéro de téléphone.

(Je ne savais pas si c'était juste une impression, ou s'il commençait à faire vraiment chaud, dans cette pièce.)

J'ai appelé, et suis tombé sur une voix, qui me disait que cet appel pouvait être enregistré afin de contribuer à l'amélioration du service clientèle. Puis j'ai été transféré à une autre voix, qui m'a proposé différentes options, correspondant à différentes touches du téléphone. Comme il fallait appuyer sur le trois pour parler à un opérateur, c'est ce que j'ai fait.

(Ce n'était pas Gradual. Mais un centre d'appels.)

J'étais en ligne avec de la musique classique. Qui s'éternisait. Vraiment longtemps. Ça m'a rappelé les cours de musique en cinquième, chaque jeudi après-midi... Traduisez : carrément pas un bon souvenir. Je faisais les cent pas dans la petite pièce, tout en maudissant les tasses de café, quand une voix a soudainement interrompu la musique. C'était la voix enregistrée d'une femme avec l'accent du nord, du genre à préparer des gâteaux, à mi-chemin entre la mère parfaite et le robot.

– Nous vous prions de nous excuser pour cette attente et le délai nécessaire à vous mettre en contact avec un opérateur. Nous recevons en ce moment un très grand nombre d'appels. Avez-vous pensé à consulter notre site internet, et en particulier la rubrique « aide », qui comporte de nombreuses réponses aux questions les plus fréquentes ? Si vous n'avez pas trouvé votre réponse, ne raccrochez pas, un opérateur va prendre votre appel...

Dans mon cas, ce n'était pas vraiment une question fréquente. J'ai décidé de patienter, tout en transpirant.

C'est la voix de Darren, bien trop forte pour être agréable, qui m'a fait sursauter. Il avait un sympathique accent irlandais.

– Bonjour, c'est Darren. À qui ai-je l'honneur ?

Fallait-il donner mon nom ? J'ai décidé que oui. Je refusais d'être une victime anonyme.

– Dylan.

– Enchanté. En quoi puis-je vous être utile, Dylan ?

– Je suis enfermé dans les toilettes du personnel.

J'ai entendu un clic, indiquant que Darren venait de raccrocher.

CHAPITRE 27
QUAND ON N'A PAS ENVIE DE FINIR ENFERMÉ

Darren avait sans doute estimé qu'il s'agissait d'un canular. Le genre de blagues que les adolescents blagueurs affectionnent. Mes doigts tremblaient lorsque j'ai composé le numéro une nouvelle fois, et que je me suis retrouvé accueilli par cette même voix qui m'informait que mon appel était susceptible d'être enregistré. Bon, si je voyais les choses du bon côté, j'avais peu de chances de mourir en passant le week-end enfermé dans les toilettes.

Mais j'étais pris au piège. La terreur s'emparait de mon corps tout entier.

Une équipe de ménage était-elle censée passer ? Je me souvenais vaguement que quelqu'un avait parlé du nettoyage du samedi. Je pouvais bien patienter quelques heures, hein ? Combien de temps allait-il falloir à Papa et Maman pour lancer l'alerte ? D'ici ce soir ? Auraient-ils l'idée de me chercher ici ? Le pire des scénarios : enfermé jusqu'à lundi matin. Il y avait de l'eau. Je ne serais pas obligé de faire caca dans la poubelle, puisqu'il y avait des toilettes. Et le mieux : Maman ne me demanderait aucune participation aux tâches ménagères.

Mais nom d'une pipe, j'avais mon téléphone ! Il suffisait d'appeler la maison ! J'ai coupé le sifflet de l'opérateur qui me guidait dans les différentes options, et j'ai appelé Maman. Je suis tombé directement sur son répondeur. J'ai essayé Papa, ça a sonné dans le vide. Puis Rita. Pas de réponse. Je l'imaginais, encore au lit, se retourner en entendant son portable, puis découvrir que c'était moi et le mettre sur silencieux. Plus il y a de gens avec un portable, moins on vous répond.

Était-ce judicieux d'appeler à nouveau la banque ? Ou directement la police. Pouvais-je considérer qu'il s'agissait d'une urgence ? Depuis combien de temps étais-je enfermé ? J'avais dans ma poche une clé USB contenant un code de piratage pour des distributeurs. Ce n'était pas une bonne idée d'appeler la police.

Mes jambes ne me soutenant pas plus que ma famille, je me suis laissé glisser contre le mur. J'ai balayé la pièce du regard et me suis arrêté sur la fenêtre, POINT D'ENTRÉE DES PIGEONS.

Je n'avais aucune chance de m'échapper par cette fenêtre ; déjà parce qu'il y avait de solides barreaux de métal. Mais si j'étais suffisamment chanceux, je pourrais attirer un pigeon à l'intérieur de la pièce. Ce qui permettrait sans doute de déclencher l'alarme. Comme ça avait déjà été le cas.

J'étais là depuis quoi ? Quelques minutes. Si ça se trouvait, la banque n'était pas encore tout à fait fermée. Tom le Type Souriant se pointerait tout sourire et me délivrerait, et là j'afficherais un sourire au moins aussi grand que le sien.

J'ai retourné la poubelle en plastique, dont le contenu de mouchoirs en papier s'est déversé sur le sol. Je l'ai posée le long du mur, juste à côté du lavabo, et je suis monté dessus. Le plastique a grincé, mais il a tenu. En étirant autant que je pouvais mes bras d'adolescent de quinze ans, je suis parvenu à atteindre du bout des doigts le loquet en acier de la fenêtre. Je l'ai relevé. Il est légèrement retombé sur ses gonds. La poubelle a grincé un peu plus, tel un navire en pleine tempête, et j'ai réussi à ouvrir la fenêtre en poussant le loquet vers l'extérieur. Je l'ai ensuite coincé pour que la fenêtre reste ouverte, juste au moment où la poubelle cédait et où je m'effondrais au sol dans un craquement de plastique.

La poubelle s'était déchirée aux quatre angles et gisait aplatie au sol, comme une fleur éclose. Je m'étais un peu râpé le dos. Et mon front était inondé de sueur.

J'ai levé les yeux vers la fenêtre. Elle était bien ouverte, mais il n'y avait pas le moindre pigeon à l'horizon. Pas encore. Les oiseaux, c'est comme les banques : il faut savoir attendre.

Mon téléphone a sonné. C'était Papa.

– Dylan. C'est Papa.

– Ben, je sais.

– Tu m'as appelé.

Il semblait essoufflé. Et ce n'était pas son genre, d'être essoufflé. Pas parce qu'il était en forme. C'était même plutôt l'inverse, il ne pratiquait pas la moindre activité physique. Mais ce n'était pas le moment de me soucier de ce genre de détails. Comment pouvais-je lui annoncer la nouvelle ? Quels mots utiliser pour expliquer ma situation tout en minimisant la probabilité d'avoir des ennuis ? Parce que c'est précisément la malédiction des adolescents : peu importe la manière et le moment dont on se retrouve dans le pétrin, c'est toujours de notre faute !

– Ils m'ont enfermé dans la banque, ai-je dit. Et ils sont tous partis.

Papa a émis un bruit étrange, à mi-chemin entre un bâillement et un grognement.

– Très bien, a-t-il répondu. Et j'imagine que tu n'as pas les clés.

– Non. C'est une banque.

– Tu as le numéro du directeur ?

– Non plus.

– Il faut toujours avoir le numéro du patron, m'a expliqué Papa, qui ne rate jamais une occasion de prodiguer ses conseils.

– Qu'est-ce que je devrais faire ?

– Attends une minute...

J'ai entendu une sorte de remue-ménage. Puis la voix étouffée de Papa, qui appelait Maman.

– Dylan est enfermé dans sa banque. Il veut savoir ce qu'il doit faire.

Je n'ai pas entendu la réponse de Maman, mais celle de Papa, oui :

– Ouais, c'est ce que je lui ai dit. Mais il n'a ni l'un, ni l'autre...

Ça a crépité, et j'ai récupéré la voix de Papa, sympathique et audible :

– T'es où dans la banque, exactement ?

– Dans les toilettes. C'est tout au fond de l'agence. Il y a une fenêtre, mais avec des barreaux.

– Et tu peux te faufiler ?

– Il y a des barreaux...

– OK. Bon, écoute, Dylan... Tiens le coup, on va trouver une solution. Ne panique pas.

– Mais je ne panique pas.

Papa m'a dit au revoir. Je lui ai dit au revoir. Et la conversation en est restée là.

Un des trucs que m'avait appris ce travail à la banque, c'est que quand on est adulte, on passe beaucoup de temps à attendre. Jaz passait sa vie à attendre le week-end, pour sortir et faire la fête. Tom passait sans doute son temps à attendre une occasion d'aller voir des spectacles comiques, où on ne lui demandait pas en permanence pourquoi il souriait comme ça. Et même Gradual, il devait attendre sa promotion vers une agence logée dans un bel immeuble en pierres et plus proche du centre de Londres, où il n'aurait plus besoin de gérer des employés dans mon genre. Mais les directeurs ambitieux doivent néanmoins vérifier leurs toilettes avant de tout boucler, même si je ne le soupçonnais quand même pas de m'avoir emprisonné volontairement. Il retournerait la situation de toute façon quand il chercherait des arguments pour me virer.

« Tu te souviens de cette fois où tu t'es enfermé dans les toilettes ? me dirait-il. C'est impossible pour nous d'employer des gars qui s'enferment dans les toilettes... »

J'ai patienté. Les secondes sont devenues des minutes. L'odeur de pantalon brûlé flottait encore autour de moi.

J'ai fait un petit tour sur Facebook. Pas de nouveaux posts intéressants. Pas même de Beth. Maman avait reposté un dessin sur le Premier Ministre, qui aurait pu être drôle si j'en avais compris le sens. Rien sur Twitter. Palace n'avait pas d'information intéressante. Et si je contactais le service clients de la banque par Twitter ?

Coincé dans vos toilettes. Merci d'envoyer qqn.

Non. Beth pourrait le lire. Ou pire, Harry.

J'ai jeté un œil au compte de l'agence. Leur dernier tweet remontait à un an, pour une fête médiévale de bienfaisance. Si je survivais à cette journée, je me porterais volontaire pour animer leurs réseaux sociaux.

« Je vous ferai des mèmes de malade, proposerais-je à Gradual. De malade ! »

La batterie de mon téléphone indiquait quarante-huit pour cent, ce qui faisait vraiment suer car je l'avais mise en charge toute la nuit et ne m'étais servi de l'appareil qu'une seule fois dans la matinée. Basculer en mode économie d'énergie était vraiment pénible, et c'était précisément ce qu'il fallait que je fasse à partir de maintenant.

Un battement d'ailes. Un doux roucoulement. J'ai levé les yeux vers la fenêtre. Entre ! Entre, pigeon !

(J'ai décidé de lui donner un prénom, vu qu'il allait m'apporter la liberté.)

– Peter, ai-je dit en le regardant avec un grand sourire.

En un clin d'œil, une main a surgi dans le cadre de la fenêtre, a attrapé les pattes de Peter et Peter est aussitôt reparti d'où il était venu, sans laisser une seule plume, mais en poussant un cri contrarié. Et là, un visage est apparu petit à petit : son propriétaire grimpait manifestement sur une échelle.

– Dylan Thomas ? a-t-il fait.

CHAPITRE 28
NE JAMAIS ÊTRE TROP FIER POUR APPELER À L'AIDE

Sans voir son uniforme, je savais que le gars était pompier. Déjà, parce qu'il avait un regard de pompier. Pas les yeux ronds et bienveillants de Sam le Pompier, mais les deux minuscules cailloux qui passent la moitié de leur temps à admirer leur corps sculpté grâce au mode selfie de leur portable.

Avant que je ne puisse lui répondre, l'alarme de la banque s'est déclenchée. Le pompier a dû se casser la figure, car son visage a disparu soudain du cadre de la fenêtre.

Je me suis approché et j'ai crié :

– C'est moi, Dylan !

J'ai aperçu un pouce dressé vers le ciel. Puis un autre visage, mais que je connaissais, cette fois-ci : Papa.

Il arborait un sourire « tout ça est quand même vachement drôle », un peu comme s'il avait bu un café de trop, qu'il n'avait jamais rencontré Gradual (ce qui était le cas), et qu'il ne prévoyait pas de braquer une banque (ce qui était également le cas... enfin, pour ce que j'en savais).

J'ai vu qu'il disait quelque chose, mais je n'entendais rien. Comme pour le premier pigeon, l'alarme était si puissante qu'elle ne semblait pas sortir d'un endroit en particulier mais emplissait le temps et l'espace, transperçant mon corps tels des rayons X. Papa a renoncé à communiquer. Le pompier l'a remplacé. Ce changement de visages me faisait un peu penser à un lamentable spectacle de marionnettes. Mais cette fois-ci, le pompier était équipé d'une machine et d'un casque jaune avec visière de protection. J'avais déjà vu ce type d'outils au magasin de bricolage. C'était une meuleuse d'angle. Entre l'apparition de mon père et celle de cette meuleuse, j'ai ressenti ce mal de ventre qui m'indiquait systématiquement que je n'allais pas tarder à avoir des ennuis. Dans un futur vraiment proche. Mais qu'est-ce que j'avais donc fait de mal ? Me rendre aux toilettes ? C'était donc considéré comme un crime de nos jours ? Aurais-je dû en avertir quelqu'un au préalable ? Et pourquoi ? C'était eux qui m'avaient enfermé ici ! Le fait que j'avais prévu de braquer cette banque n'avait rien à voir. Oublions même le principe de ce projet. Après tout, c'était moi la victime.

De sa main gantée, le professionnel de la meuleuse d'angle m'a fait signe de reculer. J'ai vérifié si la clé USB était toujours dans ma poche. Et si je me la cachais dans les fesses ? Je ne plaisante pas. Les passeurs de drogue font ça tout le temps. Mais avec des sachets de drogue, pas des clés USB, même si elles sont de plus en plus miniaturisées. Il y avait un risque que les autorités, quelles qu'elles soient et probablement déjà en train de se rassembler dehors, en uniforme et avec leurs voitures étincelantes, me demandent de vider mes poches. Et s'ils trouvaient la clé USB ? Et en vérifiaient le contenu ? C'était sans doute au-delà des capacités techniques de Papa, mais la police avait des équipes spécialistes de l'information et de la communication, qui employaient des experts boutonneux en maths... Et l'avantage de mes cavités internes, c'était qu'a priori, elles ne seraient pas explorées. En tout cas, pas avant d'être au commissariat.

Après mûre réflexion, j'ai décidé de laisser mon derrière tranquille. J'avais déjà mal au ventre et je n'avais pas envie de solliciter davantage mon corps en lui fourrant du métal là où il n'était pas censé y en avoir... Je me suis donc collé contre le mur opposé à la fenêtre, tandis que le pompier approchait la meuleuse du premier des trois barreaux. Des étincelles blanches ont jailli et la lame a traversé l'acier comme un jet d'urine transperce la neige. Un coup en bas, un en haut. Et le barreau est tombé dans la pièce. Le pompier avait été suffisamment précis pour laisser à chaque extrémité une épaisseur équivalente à deux pièces de monnaie superposées. Il était peut-être prof de technologie dans la vraie vie ? Il n'en avait pas vraiment l'air. En partie parce qu'il n'avait pas de double menton. Il a enchaîné avec le deuxième barreau, puis le troisième. Pendant ce temps, l'alarme continuait à hurler. Le pompier a de nouveau disparu de mon champ de vision. Je supposais que l'alarme allait être enregistrée par un bureau central ? Et que Gradual serait contacté pour venir la désenclencher ? Il suffisait de penser au voisinage, occupé à savourer son premier apéro de l'après-midi. Les déranger ainsi relevait du délit. Ça faisait combien de temps que j'étais bouclé dans ces toilettes ? Une bonne demi-heure ? Et ce n'était pas moi qui avais demandé à découper ces barreaux. D'ailleurs, je n'avais rien demandé à personne. Papa avait sans doute appelé les pompiers. Pas moi. Il faudrait que je pense à le préciser à Gradual. Je m'étais préparé à patienter comme un bon petit soldat.

Le pompier était de retour. Il ne portait plus son casque protecteur et n'avait plus sa meuleuse en main.

Il a plié un sac en toile grossière, le genre de trucs dont on se serait servis pour conserver des pommes de terre si on avait vécu dans une ferme au siècle précédent, et l'a déposé sur le cadre de la fenêtre, pour recouvrir les morceaux d'acier découpés. Ensuite, à la manière de Raiponce, il a déroulé une échelle comme si c'était un tapis, dont les barreaux métalliques ont heurté le sol. J'ai eu du mal à grimper, parce qu'elle était collée contre le mur et que les barreaux étaient super fins, mais j'ai réussi à me hisser suffisamment haut pour qu'il puisse agripper mes poignets. Là, j'ai ressenti quelque chose d'assez proche d'une naissance. La tête la première, on m'a tiré vers un monde nouveau, baigné de soleil, et vers un père qui m'attendait en angoissant. J'avais des doutes sur ma capacité à passer par cette fenêtre, et si j'avais eu un centimètre de tour de taille supplémentaire, ça n'aurait pas été possible. Mais ça l'a fait, exactement comme lorsque monsieur Brown, notre prof d'histoire en première année de collège, avait glissé une cassette vidéo dans son vieux magnétoscope pour nous montrer un épisode de *La vipère noire* parce qu'on avait bien travaillé.

Le pompier m'a porté dans ses bras comme si j'étais un chat coincé dans un arbre. Il m'a déposé sur le sol, derrière la banque, au milieu de la puanteur des poubelles et des légumes en décomposition, qui venaient d'on ne savait où, mais certainement pas de l'agence.

Papa, qui ne sentait pas beaucoup moins mauvais que les poubelles, l'a remercié et m'a indiqué de faire pareil. J'avais à peine eu le temps de regarder autour de moi, de remarquer le camion de pompiers rutilant, ses chromes brillant dans la lumière, les deux autres pompiers, l'un qui buvait un Coca tandis que l'autre fixait son téléphone, les poubelles, un gamin filant à vélo, bouche bée, lorsque Gradual s'est pointé sur sa moto, le bruit du moteur couvert par l'alarme.

– C'est qui ? a beuglé le pompier.

Le gamin à vélo s'est éloigné.

– Le directeur de l'agence ! ai-je crié.

CHAPITRE 29
C'EST QUAND ON S'ATTEND À ÉCHOUER QU'ON N'EST JAMAIS DÉÇU

Gradual a sauté de sa moto et retiré son casque Iron Man dans un même mouvement.

– Qu'est-ce qui se passe ? a-t-il braillé.

La moto s'est écroulée au sol. Il y a eu un petit remue-ménage pour la remettre d'aplomb. Une fois l'affaire réglée, le pompier lui a expliqué qu'il venait de me récupérer dans les toilettes de la banque. Et il lui a désigné l'échelle et la fenêtre en guise de preuves, au cas où il ne l'aurait pas cru.

– Pourquoi vous ne m'avez pas contacté ? a beuglé Gradual. Au lieu de sortir l'artillerie lourde.

– Une meuleuse d'angle, ce n'est pas l'artillerie lourde, monsieur. Et on nous a régulièrement signalé le déclenchement intempestif de cette alarme au cours des dernières semaines. Et par ailleurs, il y avait un jeune mineur agoraphobe en situation de détresse. Voilà pourquoi, monsieur.

Gradual m'a fusillé du regard.

– Thomas ?

Même s'il n'avait fait que prononcer mon nom de famille, j'ai bien compris qu'il avait envie de me tuer. Puis il a jeté un œil à la fenêtre et à l'échelle. À voir son visage, on avait l'impression qu'on venait de lui révéler que son existence entière avait reposé sur un mensonge et qu'il était en réalité un androïde à qui il ne restait que six heures avant que ses piles ne soient tout à fait déchargées.

– Je vais aller couper l'alarme, on discutera des dégâts ensuite.

Mais le temps que Gradual revienne, le camion de pompiers était reparti. L'équipe lui avait laissé un petit fascicule, « INTERVENTION D'URGENCE ET DÉGÂTS CAUSÉS : LE GUIDE », que Papa lui a tendu, mais qui ne semblait pas l'intéresser. Dans ce samedi après-midi débarrassé du vacarme de l'alarme, mais avec le doux raffut de la banlieue londonienne en arrière-plan, Gradual, tout de cuir vêtu, voulait surtout savoir d'où sortait Papa.

– Vous êtes son tuteur ?

Papa a éclaté de rire.

– En quelque sorte. Je suis son père.

Ces quatre derniers mots ont réduit Gradual au silence. L'atmosphère était soudain très *Star Wars*. Ce qu'il voulait dire s'était sans doute coincé dans sa gorge, car il a eu l'air d'étouffer et son visage a viré au violet.

– Désolé pour la fenêtre, ai-je balbutié.

(Gradual l'avait refermée en désactivant l'alarme. Mais visiblement, ce n'était pas ça qui le tracassait.)

– Vous êtes le père de Thomas ? a-t-il réussi à articuler en toussotant.

– Absolument, Kay Thomas. Enchanté.

Papa lui a tendu la main, et Gradual l'a serrée. Très lentement.

– Bon, a murmuré Gradual.

Son regard passait de Papa à moi, puis de moi à Papa. Ça moulinait pas mal dans sa tête. Carrément pas mal. Il a esquissé un sourire, découvrant ses dents tachées. Le genre de sourire qu'un serpent offrirait à un mulot. Enfin, si les serpents pouvaient sourire.

– Ça simplifie les choses. Dylan m'avait dit que vous étiez... passé de l'autre côté.

– De l'autre côté ? a répété Papa en clignant des yeux.

– Que vous étiez décédé.

D'une toute petite voix, semblable à celle d'une souris, si les souris pouvaient parler, j'ai expliqué que c'était Rita qui avait raconté que Maman et Papa étaient morts.

– Rita ? s'est étonné Papa, dont les nombreuses questions commençaient à être pénibles. Que je sois décédé ou pas, monsieur Gradual, je voulais m'entretenir avec vous du travail de Dylan. Sur le fait qu'il s'est retrouvé enfermé. Et au sujet du pigeon.

Gradual a hoché la tête comme s'il comprenait. Par réflexe, j'ai serré les fesses. J'étais sur le point d'être viré. Et de me faire sacrément enguirlander. Devant Papa, en plus. Je pouvais peut-être éviter tout ça en révélant que mon unique motivation était juste de braquer la banque ?

– Vous n'allez pas le croire, a repris Gradual, avec un sourire caféiné qui semblait aussi naturel qu'un ours polaire en balade dans un quartier de Londres. Mais je suis censé être sur le dos d'un cheval, là, tout de suite. En pleine joute. Depuis exactement dix minutes, en fait. C'est mon loisir : participer à des tournois médiévaux. Bien entendu, là, je vais devoir laisser tomber. Avec tout ça...

Il a fait un geste en direction de l'agence. Ce qui s'est passé ensuite continue de me réveiller la nuit. *Il a posé sa main sur mon épaule. Une main bien moite.*

– Dylan, pourquoi ne viendrais-tu pas ici, disons... à huit heures et demie, lundi matin, avant l'ouverture, avec Papa et Maman... Comme ça je répondrais à toutes vos questions. Et on pourra prendre le temps de discuter de la raison pour laquelle tu t'es retrouvé coincé aux toilettes, ainsi que de tous les autres minuscules évènements contrariants qui se sont produits depuis que tu travailles avec nous. Tu es d'accord ?

Cette suggestion était présentée comme une question, et si ça avait été une véritable question ouverte, j'aurais bien évidemment répondu non.

– Parfait, a rétorqué Papa. Personnellement, je serai déjà au travail, donc c'est ma femme qui viendra.

(Papa n'était jamais au boulot à huit heures et demie. Il s'attardait au lit en prétendant que ça n'avait pas de sens de se précipiter, à cause de la circulation.)

– Fantastique, a conclu Gradual.

Cette fausse sympathie ne me disait rien qui vaille. C'était même plutôt inquiétant. J'aurais préféré une bonne vieille soufflante.

– J'ai été ravi de vous rencontrer, monsieur Thomas. Vous m'excusez ? Je dois sécuriser l'agence.

– Il a bien parlé de tournois médiévaux ? a déclaré Papa tandis qu'on regardait Gradual s'éloigner. Il ferait bien de faire installer une herse.

CHAPITRE 30
LE MOMENT LE PLUS SOMBRE DE LA NUIT, C'EST AVANT L'AUBE (OU UN TRUC DANS LE GENRE)

Maman a insisté pour que je porte ma chemise blanche, ma cravate rouge et mon pantalon noir. Elle trouvait que c'était important d'avoir l'air professionnel. Elle, elle avait enfilé sa tenue de running, mais j'ai compris que ce n'était pas la matinée pour parlementer. Ni avec Maman, ni avec Gradual. C'était la matinée pour avaler, pour gober, tout ce qu'on me servirait, peu importait le goût. S'il y avait la plus petite chance que je puisse travailler un samedi supplémentaire à la banque, je pourrais quand même installer ce programme sur le distributeur, voler l'argent et sauver Beth. Après tout, je n'étais pas encore viré. Et j'étais toujours en vie. Et avec Maman dans mon camp, qui pouvait prédire ce qui allait se passer ?

(Bon, sur ce point, je n'étais pas complètement convaincu.)

En ajustant ma cravate devant le miroir, j'avais l'impression de me préparer pour un enterrement.

– Mettons les choses au clair, a commencé Maman dans la voiture. Ce directeur te fait capturer des animaux sauvages. Il t'interdit de boire du café. T'assigne des tâches de saisies de données sans queue, ni tête. Et t'enferme dans les toilettes. On devrait envoyer un mail à notre député. Et carrément contacter la presse par Twitter.

J'ai précisé que si tous ces faits étaient bien avérés, ils étaient néanmoins en partie ma faute. Le pigeon mis à part. Et j'ai aussi demandé d'où sortait cette odeur, qui n'était pas loin de me filer la nausée au même titre qu'un chat mort.

– C'est du pot-pourri, m'a-t-elle expliqué. C'est censé dissimuler les relents de transpiration et de Big Macs dont j'ai hérité, depuis que ta sœur et ses amis ont emprunté la voiture.

– Je n'aime pas ce boulot, et je ne pense pas que je vais continuer, ai-je dit.

Maman m'a lancé son regard laser à la Superman, et a bien failli rentrer dans une Audi par la même occasion. Elle m'a rappelé que le principe d'un boulot, ce n'était pas de l'apprécier. Et que les seules personnes qui s'éclataient au travail étaient en général suffisamment riches pour ne pas avoir à travailler.

– Et tu ne vas certainement pas te faire virer, parce que s'il y a bien une chose que j'ai retenue du centre d'appels, c'est qu'on n'accepte jamais « non » comme réponse. Il faut imaginer que le client est un os et que tu es un chien. Si tu parviens à y planter tes crocs, il n'a pas la moindre chance.

Sur ces mots, Maman a émis une sorte de grondement. C'était gênant.

– On voit bien que tu n'as pas fait la connaissance de Max Gradual.

Elle a ricané. Après tout, la situation n'était peut-être pas aussi désespérée que je le pensais. Maman est capable d'être sacrément formidable quand elle veut. Un de mes anciens profs de géographie ne notait jamais nos cahiers, et après un rendez-vous de dix minutes avec Maman, dès le lendemain, nos devoirs étaient barbouillés de rouge. Il avait sans doute investi dans une usine d'encre pour s'assurer d'être correctement approvisionné. Il avait aussi fait le choix de quitter l'établissement à la fin de l'année. Ce qui n'avait rien à voir avec Maman.

– Imagine que tu disposes de dix mille livres, ai-je dit. Qu'est-ce que tu en ferais ?

Gradual était au beau milieu de sa réunion d'équipe matinale lorsque j'ai toqué sur les portes automatiques de l'agence. Maman a entouré ses yeux de ses mains, comme si elle avait des jumelles invisibles, en s'appuyant sur la vitre pour regarder à l'intérieur de l'agence.

– Il se prend pour qui ? a-t-elle ricané. Monsieur Motivator ?

J'ai préféré ne pas lui demander qui était Monsieur Motivator. Il avait un nom de superhéros tout pourri.

Maman s'est mise à tambouriner sur les portes. Le petit groupe a sursauté, comme effrayé. Les employés se sont tournés vers nous tandis que Gradual nous faisait signe. Il leur a encore prodigué quelques mots « d'encouragement », puis il est venu débloquer l'entrée. Il y avait trois personnes avec lui : Tom, avec sa stature de joueur de basket et son éternel sourire ; un homme pourvu d'une barbe de hipster et d'un ventre témoignant de pas mal de soirées passées devant la télé ; et une femme à la chevelure imposante. Jaz était probablement au lit, s'efforçant « d'atterrir ».

– Pourquoi le grand type sourit-il comme ça ? s'est étonnée Maman.

Gradual lui a serré la main, mais pas la mienne, puis il nous a proposé de le suivre dans son bureau. Je n'y étais encore jamais entré, mais il correspondait exactement à ce que j'avais imaginé : exigu, fonctionnel et sans fenêtre.

Une armoire à dossiers suspendus dans un coin, une table trop grande pour la pièce, un ventilateur. Les murs étaient nus, à part une affiche de développement personnel représentant un lever de soleil sur le quartier de Canary Wharf, agrémenté de ces quelques mots : I HAD A DREAM – MARTIN LUTHER KING. Sur le mur juste derrière le bureau de Gradual était encadré un diplôme d'une université dont je n'avais jamais entendu parler. Son domaine d'études ? Les sciences économiques.

Gradual nous a installé deux chaises en plastique et nous a invités à nous asseoir, avant de se glisser dans l'espace étroit qui séparait le mur de son bureau, pour s'installer à son tour. Sa table de travail n'était encombrée d'aucun objet, mis à part un écran fin d'ordinateur, mais cela ne signifiait pas qu'il était organisé. Ça voulait surtout dire qu'il ne faisait pas grand-chose. Quand il s'est laissé tomber dans son gros fauteuil de directeur, le cuir a fait un bruit de pet.

(Là, j'ai dissimulé un rire moqueur sous une quinte de toux feinte.)

– Je vous aurais bien offert un thé, a-t-il commencé, mais je n'ai personne pour le préparer !

Je pense que c'était une tentative de détendre l'atmosphère. Je suis resté immobile, les mains sur mes genoux et la tête baissée. Je n'avais jamais terminé dans le bureau du proviseur, mais je pense que c'est l'attitude que j'aurais adoptée si ça avait été le cas.

– Je souhaite que ce que je m'apprête à te dire soit perçu comme positif, a-t-il déclaré. Je l'ai déjà répété à plusieurs reprises, mais dans la vie on commet tous des erreurs. Ce qui fait la différence, c'est la manière dont on y fait face.

(Combien d'autres gamins avant moi s'étaient retrouvés à ma place ?)

– Je tiens à discuter du pigeon, est intervenue Maman.

Jusque-là, Gradual avait été tout sourire et mielleux, mais cette remarque a fait surgir sa vraie personnalité. Son expression s'est durcie et son aimable sourire a disparu.

– Dans un instant, a-t-il promis. Mais d'abord il me semble important que vous entendiez, tous les deux, ce que j'ai à dire. J'ai passé en revue ce que tu as fait chez nous, Dylan, et je n'ai pas vraiment l'impression que ça fonctionne. Je suis certain que tu serais d'accord pour...

– Un pigeon, c'est un animal sauvage, a décrété Maman. Porteur de maladies. J'ai vérifié sur Google !

– Très bien, a rétorqué Gradual. Néanmoins, si nous pouvions un instant nous éloigner du sujet du pigeon...

– L'histoplasmose est une maladie pulmonaire qui peut se révéler mortelle.

– En mettant l'..., a bredouillé Gradual en butant sur le mot « histoplasmose ».

– Histoplasmose, a articulé Maman.

– Bon, si on met de côté l'histoplasmose...

– J'ai dû laver le pantalon de mon fils trois fois avant que les taches ne partent. Trois fois !

– Oui, a acquiescé Gradual, en croisant ses doigts et en se penchant en avant, ses avant-bras posés sur sa table, tandis que son fauteuil émettait à nouveau un bruit suspect. J'entends bien ce que vous me dites. Mais la vérité, madame Thomas, c'est que...

– La vérité ? s'est insurgée Maman. La vérité, c'est que vous avez enfermé mon fils dans les toilettes et qu'il a dû être secouru par les pompiers ! Vous imaginez l'angoisse qu'il a ressentie ? Il n'a que quatorze ans. Il est fragile.

– Quinze, ai-je rectifié.

Gradual m'a regardé. Il a passé sa langue sur ses lèvres pour les humidifier. Puis il s'est tourné vers Maman.

– Peut-être que si Dylan pouvait nous laisser seuls quelques minutes...

– Je ne vois pas pourquoi, a protesté Maman, les yeux rouges.

– Maman, ai-je murmuré, en posant ma main sur sa jambe.

Ce que je voulais dire, c'est qu'elle n'avait aucune raison de se faire du souci à mon sujet, mais elle a compris que je préférais sortir de la pièce.

– Tu veux bien attendre un peu à l'extérieur de ce bureau ? a demandé Gradual, tout en restant les yeux rivés sur Maman. On t'appelle dès qu'on a fini de discuter entre adultes, Thomas.

Il a secoué la tête.

– Je veux dire... Dylan. Désolé.

CHAPITRE 31
SAVOIR TIRER PARTI DES OCCASIONS QUI SE PRÉSENTENT

Je suis sorti du bureau et j'ai refermé doucement la porte derrière moi. À l'autre bout du couloir, Tom était à quatre pattes et remplissait le distributeur. Je n'ai pas été surpris, d'abord parce que c'était une activité habituelle et pas seulement parce qu'on était juste après un week-end où les retraits avaient dû être nombreux, mais aussi parce que j'étais convaincu que Dieu avait fomenté cette mise en scène pour me faire mariner.

Merci, Dieu. Bien joué. Les boules.

J'ai préféré ne pas dire à Tom que j'étais là, et je me suis appuyé contre le mur. Aucun son ne filtrait du bureau et je n'avais pas envie de coller mon oreille sur la porte en bois. J'étais sûr de me faire pincer. Comme ça avait été le cas tout au long de cet été.

J'aurais vraiment voulu être ailleurs. Planté devant un ordinateur, à faire des recherches sur le Vietnam. Même le McDonald's du quartier aurait été acceptable. J'ai sorti mon téléphone. Comme on fait toujours quand il faut patienter dans un couloir faiblement éclairé. Rien de nouveau, même en rafraîchissant de manière compulsive mes applications de réseaux sociaux ou celle de BBC Sport.

– Hé, mon gars ! Je pensais que t'allais te faire virer ?

Tom, avec son sourire, a tourné vers moi son cou de diplodocus. L'endroit avait cette ambiance surnaturelle des couloirs dans *The Shining*. Long et flippant, avec un truc répugnant tout au bout.

– C'est ma mère qui est à l'intérieur, ai-je articulé à voix basse. Avec Gradual.

– Ta mère..., a commencé Tom comme s'il était sur le point de dire quelque chose de grossier et de déplacé, mais se ravisait soudain, au motif que bon, j'étais encore un enfant.

Il s'est redressé sur ses genoux, et même comme ça, avec des demi-longueurs de jambes, il était plus grand que moi.

Personnellement, ça ne me plairait pas de faire cette taille. On ne peut se cacher nulle part. Cela dit, cette année, toutes les filles de ma classe en pinçaient pour John Perkins, qui n'avait vraiment pas grand-chose pour lui, à part ses centimètres.

– Tu pourrais me rendre un dernier service ? Ça t'ennuierait de dire que c'est toi qui as fichu le feu à mon pantalon ? Ça serait cool.

J'avais bien envie de lui répondre qu'il pouvait oublier, le tout en lui décochant un grand sourire. Mais j'ai néanmoins calculé (grâce à mes capacités hors du commun) qu'il était planté devant un distributeur de billets ouvert, et que ce dont je rêvais le plus au monde, c'était précisément un distributeur de billets ouvert, donc...

– Hein ? ai-je fait en traversant le couloir pour le rejoindre.

– Tu ne voudrais pas me surveiller ce bon gros garçon pendant que je vais chercher une cartouche ? Je ne suis pas encore vraiment réveillé.

Évidemment, j'avais dit oui avant qu'il ne termine sa phrase.

– Et évite d'avoir des idées idiotes, du genre prendre de l'argent. Je n'ai pas encore ouvert les paquets.

J'ai bredouillé et bafouillé quelques mots incompréhensibles tandis qu'il se mettait debout. Il m'a collé une bourrade dans l'épaule, à mi-chemin entre la claque et le coup de poing, et qui m'a fait bien mal, mais je ne me suis pas plaint, car...

– Non, mais je te charrie ! Prends ce que tu veux ! Allez, je te fais encore marcher... La machine est capable de savoir ce qu'elle a dans le ventre. À la différence de ta mère. Hum. Bon, bref.

Il s'est dirigé vers la porte menant derrière les guichets.

– T'as voulu dire quoi, au juste ? ai-je demandé, en la jouant très détendu.

Sans se retourner, il a étendu ses bras de ptéranodon et a haussé les épaules. Puis il est passé côté guichets et la porte s'est refermée dans un bruit sourd, comme pour marquer son approbation.

Je me suis jeté à genoux, et j'ai aussitôt ressenti une douleur puissante, qui n'était pas due au frottement de la moquette sur mes jambes, mais plutôt à l'angoisse de ne pas avoir avec moi la clé USB.

Mais heureusement, en bon adolescent qui se respecte, je n'avais pas vidé mes poches depuis le samedi précédent. Je suis comme ça, moi. Et d'ailleurs, tout en me faisant ces réflexions, je sentais les contours rigides de la clé USB qui s'enfonçaient dans ma cuisse, comme pour exiger d'être au plus vite utilisée. Je l'ai prise, j'ai repéré le port censé l'accueillir, et après avoir écarté tous les câbles, je l'ai correctement introduite. Enfin, pas du premier coup, bien sûr. Qui branche une clé USB dans le bon sens du premier coup ?

Quinze secondes. Les instructions indiquaient que c'était le temps minimum requis. Même si on pouvait ensuite laisser la clé connectée pour l'éternité. Ou quinze minutes. Bon, bref. Quinze secondes, c'était le minimum pour que le programme puisse efficacement déchaîner sa magie. Et comme l'avaient toujours indiqué mes différents livrets scolaires, je savais me contenter du minimum. Selon mon plan, il était préférable de ne pas laisser la clé en place, car j'estimais qu'il valait mieux qu'une scène de crime soit propre. Donc, quinze secondes et voilà. Exactement comme quand on veut relancer un ordinateur et qu'il faut rester le doigt appuyé sur le bouton durant quinze secondes. Quinze secondes. Un quart de minute. Et ne pas laisser d'indices.

Ces quinze secondes duraient une éternité (théorie de la relativité), mais j'étais déterminé à ce que personne ne m'interrompe... Bon, à part peut-être Beth, après tout c'était quand même pour elle que je faisais ça. Mais en tout cas, pas Maman, pas Tom, et encore moins Gradual.

Comment réagirait Tom s'il me prenait sur le fait ?

Une seconde. Deux secondes. Trois secondes. Et si Gradual sortait de son bureau et me demandait ce que je trafiquais ? Là, j'aurais des ennuis. Avec la police. Ça avait bien dû me prendre trois secondes de penser à ça. Je pouvais reprendre à sept. Huit secondes. Neuf secondes. J'avais une terrible envie de faire pipi, même si je n'avais rien bu ce matin. Ma vessie était comprimée par la peur, c'était ça. Je n'osais pas imaginer ce qui se passerait si je me faisais dessus. L'avantage : ça détournerait l'attention du piratage. Voilà, c'était exactement ce que je ferais si quelqu'un venait. Oui, je me ferais pipi dessus et je me mettrais à pleurer. Là, j'en étais probablement à douze. Treize secondes. Quatorze secondes. Quinze secondes.

Et une de plus pour être sûr. Un petit coup d'œil pardessus mon épaule. La porte de Gradual n'était pas sur le point de s'ouvrir. Maman avait déjà déblatéré pendant la totalité d'un match de demi-finale. Donc il y avait sans doute encore un peu de marge, non ?

Rien n'a semblé se modifier sur le distributeur. Les câbles, la coque en plastique, tout est resté à l'identique. Pas de lumière rouge qui se met à clignoter, pour dénoncer qu'un piratage était activé. À supposer bien sûr que ça ait fonctionné. À moins que je n'aie pas laissé la clé en place suffisamment longtemps ? Je n'avais qu'à rajouter quelques secondes.

Et si je recommençais toute l'opération ? Je n'avais pas le temps. Je risquais plutôt de faire tout foirer. J'aurais dû imprimer les instructions. Là, il fallait que je la retire. Maintenant. Mais...

CHAPITRE 32
LA FLEXIBILITÉ PEUT SE RÉVÉLER AUSSI IMPORTANTE QU'UN PLANNING AJUSTÉ

– Tu fais quoi, là ?

Au-dessus de ma tête, il y avait une barbe. J'ai senti la sueur dégouliner sur mon front. C'était aussi soudain qu'un coup de pulvérisateur. Comment n'avais-je pas entendu le barbu approcher ? Comment les gens ici faisaient-ils pour se déplacer dans le plus grand silence ? Ils devaient s'entraîner. Il fallait que je fasse tester mon audition. Et que j'arrête les écouteurs. Ou alors les gars étaient dotés de chaussures spéciales ?

– Je surveille le distributeur. Tom a oublié une cartouche. Il est parti la chercher.

Le barbu a hoché la tête tout en intégrant l'information. Sans commenter le tremblement suspect de ma voix. Ni la présence de cette clé USB, qui était aussi visible qu'une guêpe au milieu d'un pique-nique. Et moi, j'étais là, à quatre pattes, comme si j'imitais un labrador. Était-ce le moment de me soulager ? En levant la jambe contre le panneau ouvert ? Je pouvais aussi en profiter pour aboyer. Après tout, c'était mon plan en cas d'interruption intempestive. Ils considéreraient que j'étais cinglé et me renverraient à la maison. Sauf que je n'avais plus envie de faire pipi. Fichue vessie !

– Ton nom ?

– Dylan Thomas.

Le barbu a éclaté de rire.

– Comme le poète ? Tu te la pètes un peu !

– Fiche-lui la paix, a déclaré Tom, dont la voix calme s'est élevée juste après le bruit de la porte des guichets. Il me dépanne.

Tom était mon chevalier, celui qui allait me sauver, tenant une cartouche à la place d'une lance. J'étais sa princesse. Au moins, c'était certain que le programme avait été installé maintenant, vu que la clé USB était restée en place un bon moment, et personne ne la trouverait jamais. Je voulais la récupérer après quinze secondes pour prendre le maximum de précautions. Bon, évidemment un ingénieur ou quelqu'un d'autre finirait bien par tomber dessus, mais de toute façon, le programme était censé s'effacer. Il n'y avait rien qui puisse me nuire sur la clé, et le temps qu'on la trouve, j'aurais presque terminé le lycée, si j'avais des notes satisfaisantes.

– Le truc, c'est qu'on ne peut pas laisser des poètes face à des distributeurs ouverts, a déclaré le barbu. Je vais devoir parler de ça à Max. Si on a des règles, c'est pour une raison, Tom.

– Et tu ne veux pas parler à Max de ça aussi ? a proposé Tom au barbu, en lui offrant un majeur levé.

Mais avant que cette conversation ne puisse dégénérer, Gradual s'est pointé. Le barbu s'est retranché du côté des guichets. Tom a informé Gradual qu'il remplissait le distributeur donnant sur l'extérieur et que tout allait bien. Gradual lui a ordonné de terminer le boulot, et m'a demandé de revenir dans le bureau. Je n'ai même pas jeté un dernier coup d'œil à la clé USB en m'éloignant. Maman m'attendait, toujours assise. Elle m'a accueilli avec son sourire de Maman. Gradual s'est à nouveau faufilé à sa place. Une fois de plus, son siège a émis un bruit de pet, proche du couinement d'un chimpanzé.

– Ta mère et moi, a-t-il commencé sur un ton monocorde indiquant que Maman avait dû pomper toute son énergie, nous avons eu une conversation très constructive. Et, compte tenu de ce qu'elle m'a révélé au sujet de ta sœur, je suis prêt à te donner une deuxième chance. C'est d'accord, Dylan ? On retente le coup. Alors je compte sur toi.

La joie suprême d'avoir enfin installé ce programme de piratage était un peu gâchée par Gradual m'annonçant que j'allais conserver mon boulot. Parce que je n'en voulais pas. Je n'en avais pas besoin. Ma seule motivation avait été d'atteindre ce port USB.

Je me suis levé. Ce que j'allais dire méritait qu'on le dise debout, d'autant que j'étais surexcité, rapport à mon triomphe avec la clé USB.

– Monsieur Gradual, ça fait deux semaines que je ne dors plus parce que je fais des cauchemars avec des pigeons. Je ne serai plus jamais capable de traverser Trafalgar Square, ou tout autre endroit infesté par des volatiles. Et par ailleurs, je suis devenu claustrophobe, depuis que j'ai été enfermé aux toilettes samedi dernier. Plus de voyages en avion, ni de vie en appartement en ce qui me concerne. Je n'irai jamais en Amérique. Donc, en conclusion, je ne veux pas de votre travail, ni d'une seconde chance. Vous êtes un tyran, et si j'ai retenu une seule chose de l'éducation que Papa et Maman m'ont donnée, c'est qu'on ne doit pas se laisser faire par les tyrans. Désolé. Mais merci quand même.

Mes mots se sont déversés comme un torrent. Je sentais les endorphines se diffuser dans tout mon corps, exactement comme après une super partie de *FIFA*. J'ai dénoué ma cravate, avec l'impression de me libérer d'un nœud coulant, et j'ai retiré mon passe, avant de les déposer tous les deux sur le bureau de Gradual. Maman a cligné des yeux. Gradual est resté bouche bée.

– On est d'accord ?

– Bon, je pense qu'on a terminé, a déclaré Maman en se levant.

Gradual a fini par dire qu'il allait nous raccompagner à la sortie.

Le couloir était désert, le distributeur, refermé. Tom n'avait pas trouvé la clé USB. Pourquoi serait-il tombé dessus ? La fente était juste sur le bord de la machine, dissimulée par des câbles. Pour repérer la clé, qui faisait la taille d'une phalange, il fallait savoir qu'elle était là.

Une vieille dame avec un chapeau patientait derrière les portes automatiques. Elle a tapoté à la vitre en consultant sa montre. Sans rien ajouter, Gradual a déverrouillé les portes. Elle s'est plainte qu'elle était bien trop âgée pour poireauter comme ça dehors, austérité ou pas. Elle avait connu les années soixante-dix, bon Dieu.

Maman n'a pas dit un mot avant qu'on soit dans la voiture. Elle n'a pas démarré et je me suis donc préparé pour la plus grosse remontée de bretelles de toute ma vie. Comme avais-je le culot de parler à un adulte sur ce ton ? De refuser un travail, alors que j'étais parfaitement conscient qu'on était juste côté argent et que ma mère venait de passer un bon moment dans le bureau du gars à le supplier de me donner une deuxième chance ? Hein, comment je pouvais oser faire un truc pareil ?

Mais Maman ne s'est pas fâchée.

– Dylan, a-t-elle déclaré. Je pense que tu n'es plus un enfant.

Elle a hoché la tête et tourné la clé de contact.

– Qu'est-ce que tu as raconté, sur Rita ?

– J'ai dit qu'elle avait été adoptée. Et qu'elle avait du mal avec son histoire, ce qui expliquait qu'elle délire autant sur ma mort.

– Waouh.

– Parfois, a continué Maman, certaines situations nécessitent un gros mensonge. Pour la bonne cause. J'ai aussi appris ça au centre d'appels. Mais n'en parle pas à Rita. Tu sais qu'elle peut se mettre dans des états pas possibles.

Maman avait raison. Sur les mensonges. Et sur Rita. Mais aussi sur le fait que je n'étais plus un gamin. Parce qu'un enfant n'installe pas un programme de piratage sur un distributeur automatique, n'est-ce pas ?

– Tu as déjà postulé chez Burger King ? a-t-elle demandé. Celui de la rue principale ?

J'ai promis à Maman que j'irais chercher un formulaire.

On était lundi matin. J’avais douze heures pour entrer le code PIN du programme de piratage.

(Et vraiment, ça n’était pas un problème d’avoir laissé la clé USB dans le distributeur. Vraiment pas. C’était sûr et certain.)

CHAPITRE 33
MÊME UN VOYAGE DE PLUSIEURS MILLIERS DE KILOMÈTRES COMMENCE TOUJOURS PAR UN PREMIER PAS

J'ai passé la journée dans ma chambre, en priant pour que le temps s'accélère. J'avais beau consulter mon téléphone, il était toujours la même heure : trop tôt pour tenter le piratage. Parce qu'il fallait que la banque soit complètement fermée, avant que je ne rentre 1842, le code secret qui m'emporterait vers la fortune et la gloire.

J'ai reçu deux messages. Le premier d'un copain qui, de retour d'Espagne, se demandait si j'avais lu des ouvrages pour le cours de littérature, et si c'était le cas, est-ce qu'on était censé prendre des notes ? Le second de Pizza Hut, m'informant de leur nouvelle offre de menu. J'en ai envoyé un à mon tour, par WhatsApp, en écrivant exactement ce qui me venait à l'esprit. Pour Beth.

Un café, ce soir ? ☕

Immédiatement, et vraiment immédiatement, elle a répondu :

Plutôt une glace ? 🍦 *Où ?*

Devant Chris Costa. Près de la banque. 🏦

(J'ignore pas mal de choses sur les filles, mais je sais qu'elles aiment les emojis.)

Les réalisateurs adorent tourner à l'heure dorée. C'est le moment juste après le lever ou juste avant le coucher du soleil, quand la lumière est douce et rouge, et qu'elle fait penser que le monde pourrait finalement bien être magique. J'ai attrapé mon sac de sport, informé mes parents, qui s'en fichaient, que je sortais courir, j'ai promis à Rita que je ne me ferais pas arrêter, et j'ai quitté la maison. Comme ça. Mes premiers pas dehors se sont bien passés, je n'étais même pas angoissé. Et là, mon pied droit a trébuché sur la pierre tombale du chat de la voisine, et j'ai fait un vol plané. L'espace d'un court instant, cette cascade m'a semblé libératrice. Mais la gravité s'est vite rappelée à moi. Mon menton a heurté le trottoir avec un bruit sourd.

J'ai d'abord vérifié qu'il n'y avait pas de témoins de la scène. Il suffit d'un seul iPhone pour qu'un stupide accident devienne viral. Heureusement, la rue était déserte. Je me suis relevé et j'ai entrepris d'évaluer les dégâts. J'avais un peu mal aux genoux, et la désagréable impression que quelqu'un avait passé une râpe à fromage sur mon menton. Je l'ai effleuré du doigt : c'était douloureux et collant. Sur mon doigt, il y avait une sorte de purée de framboises.

J'ai songé un instant à retourner à la maison, mais entre le cirque de Maman et les moqueries de Rita, je me suis dit que le mieux était de serrer les dents, même si la conséquence immédiate de ce rictus était de tendre la peau de mon visage et donc de me faire encore plus mal. Et de toute façon, ça ne m'empêchait pas de marcher. Bane a bien cassé le dos de Batman, ce qui ne l'a pas empêché de venir à bout de sa liste de trucs à faire.

J'ai donc arpenté les rues grises de la banlieue londonienne, avec ses arrêts de bus et ses carrés de pelouses polis, et même si je sentais le sang battre dans mon menton, je me suis convaincu que peut-être, tout cela finirait bien. C'est à ce moment-là que le 51 m'a dépassé, et au moment où le bus changeait de vitesse, il a relâché une fumée noire qui, en tourbillonnant, a pris la forme d'une énorme chauve-souris, qui aurait très bien pu me servir d'avertissement et me suggérer de faire demi-tour avant qu'il ne soit trop tard.

Si des alarmes se déclenchaient au moment où je tapais le code, la police estimerait sans doute que personne n'était assez idiot pour braquer une banque à quelques mètres de chez soi. J'avais ça pour moi.

Je ferais semblant d'être à côté de mes pompes. Je n'hésiterais pas à me faire dessus pour être plus crédible. Et mon menton ajouterait au portrait général.

J'avais l'impression de voir le monde à travers des lunettes de réalité virtuelle. Tout semblait si réaliste ! Ce sentiment impliquait que je n'étais pas aussi nerveux que vous pourriez le penser. Et par ailleurs, je connaissais parfaitement mon peu d'affinité avec la chance : probablement, le code ne fonctionnerait pas.

« Mais non, enfin, Dylan !! Positive attitude ! Visualise plutôt le distributeur recrachant tous ses jolis billets dans ton sac ! Visualise le moment où tu vas payer la plus grosse glace Magnum avec un billet de cinquante livres. »

« La glace, c'est pour ceux qui la méritent ! » lancerais-je à Beth, en espérant qu'elle chope la référence à *Glengarry*, une autre histoire de braquage, parce que ça me ferait passer pour un type cultivé et intelligent.

Elle éclaterait de rire et passerait son bras dans le mien. Elle appuierait sa tête sur mon épaule. Elle me laisserait jeter un œil à ses cours d'histoire. On passerait du bon temps tous les deux.

Si le code ne fonctionnait pas, j'utiliserais mon salaire des samedis travaillés pour lui payer un Cornetto, ou un café pas cher. Parce que de toute façon, il faut toujours avoir un plan B.

J'ai fini par arriver sur la rue principale de Chislehurst. Et avant que je ne sois tout à fait prêt, la banque est apparue devant moi. La bonne nouvelle, c'est que le bâtiment semblait totalement mort. Sombre et désert. Le distributeur donnait sur la rue, pas vraiment à l'abri des regards indiscrets. Une femme et un gamin se tenaient devant.

J'ai vérifié mon téléphone. Beth n'était pas censée me rejoindre avant dix bonnes minutes. Et j'avais trois heures avant que la fenêtre de tir pour le piratage ne se referme. Pas d'autres messages d'alertes.

J'espérais qu'elle n'allait pas se pointer avec Harry.

– Prends ton temps, mon gars, a fait une voix derrière moi.

Ça a eu pour effet de casser ma peur paralysante de réussir. La femme et son enfant s'étaient éloignés du distributeur sans que je m'en aperçoive. La machine était libre, son écran tactile souillé et son plastique incurvé n'attendaient que moi. J'ai jeté un coup d'œil derrière moi. Un type avec une coupe de cheveux gratinée me fixait.

– Allez-y, ai-je proposé, en faisant semblant de me débattre avec mon portefeuille.

– Ça serait utile de sortir sa carte en avance, a suggéré le gars, en prenant ma place.

– Désolé, ai-je répondu en m'écartant.

Vous savez quoi ? J'avais presque envie de me faire choper, qu'un policier se pointe et me lise mes droits. Ça aurait été un soulagement. Bon, si le code fonctionnait, tant mieux. S'il ne fonctionnait pas, tant pis. Vous comprenez ? Voilà. Mais s'il fonctionnait, ça impliquait une situation dangereuse. Une tout autre histoire. Et surtout, une prise de décisions.

Par ailleurs... ça voulait dire aussi de l'argent.

Le type a terminé son affaire. Il a inspiré de l'air en passant près de moi.

À présent, j'étais seul. Il n'y avait même plus de voitures dans la rue. Parfait. J'ai posé mon sac entre mes pieds et j'ai fait glisser sa fermeture éclair, en m'assurant qu'il était grand ouvert pour avaler le flot de billets qui n'allait pas manquer de très vite s'écouler de la machine.

Et soudain... la panique. C'était quoi, déjà, le code ?

J'ai pris une profonde inspiration, pour me calmer, parce que je savais que je connaissais ce fichu code.

1842.

Sur l'écran, une publicité pour l'assurance habitation s'est affichée. J'ai fermé les yeux, tentant de me concentrer sur le chemin du retour, tout sourire, sans menottes, ni parents en larmes. J'aurais un sac rempli d'argent sur l'épaule, un café dans la main, Beth à mes côtés, des papillons voletteraient dans les airs. Et tout ça me semblait tout à fait... faux. Les papillons dans mon ventre se sont transformés en mites dans mes intestins.

Pourtant, j'étais là.

J'ai à nouveau jeté un œil par-dessus mon épaule. Il n'y avait personne. Personne à Chislehurst, personne dans le sud de Londres, personne. L'univers était désert, n'attendant qu'une chose : que je rentre ce code magique dans ce distributeur.

1842. Avec un doigt, j'ai tapé les chiffres et là...

CHAPITRE 34
NE PAS LAISSER SON ÉGO MASQUER LES DÉFAILLANCES D'UN PLAN

... rien ne s'est passé.

– Hummm, ai-je fait.

L'écran continuait à diffuser sa publicité pour les assurances, affichant une petite maison à la campagne, des pourcentages. Est-ce que j'avais loupé le délai ? Non. C'était douze heures. Je n'en étais pas encore à neuf. Largement dans les temps. J'ai à nouveau essayé. Avec un autre doigt. 1842. Rien. Encore. 1842. Aucune réaction.

Voilà, fin de l'histoire.

Pas de fracas, juste un gémissement.

Cela dit, parfois, un gémissement est plus agréable qu'un fracas. Quand on fait un câlin à un chiot, il pousse un petit gémissement, par exemple.

J'ai eu une vision soudaine : moi, devant le distributeur, tentant de dérober des milliers de livres. Sauf que ce n'était pas moi. C'était mon double maléfique. Ça se voyait à sa petite barbichette.

Qu'est-ce qui m'était passé par la tête ?

1842. J'ai essayé une nouvelle fois. Mais cette fois-ci, pour être honnête, avec l'espoir que rien ne se produise. Et ça a effectivement été le cas. Et je me suis senti plutôt soulagé.

Parce que, nom d'un chien, j'étais passé tout près du braquage de banque. Et j'avais vu *Les évadés*, donc je connaissais le résultat.

Il me restait quand même mon salaire du samedi. Je pouvais encore me permettre d'offrir à Beth une glace à la fraise avec de l'argent honnête, gagné à la force du poignet, comme dirait Maman qui utilise toujours cette expression, même si je ne suis pas tout à fait sûr de sa signification. J'ai attrapé ma carte, l'ai glissée dans le distributeur, avant de taper mon code : 1990. J'ai demandé dix livres.

« Solde bancaire insuffisant », a affiché l'écran. Ma carte est ressortie.

Je ne vais pas jouer les fiers en cachant que j'étais à présent au bord des larmes. Les mêmes larmes auxquelles je me serais attendu quand le code de piratage n'avait pas fonctionné.

– Salut, Dyl ! Désolée, je suis en avance.

Beth. Un petit geste de la main pour me dire bonjour. Détendue, souriante, ou alors grimaçante parce qu'elle avait le soleil dans les yeux. Et je n'avais même pas le temps de digérer cette information, en raison du problème immédiat qui se présentait à moi : JE N'AVAIS TOUJOURS PAS D'ARGENT.

Elle était en tenue de running, le visage aussi frais que de la crème fouettée. Pas une goutte de transpiration, mais un air radieux. Les cheveux tirés en arrière, ressemblant encore plus à Emma Stone qu'Emma Stone elle-même.

– Salut ! ai-je répondu.

Voir Beth déclenchait en moi une sensation physique immédiate : j'avais des frissons dans la poitrine. Je redressais la tête. Mon ventre se serrait. J'ai vite posé ma main sur mon menton, pour faire semblant de réfléchir.

– Ça va ? s'est-elle inquiétée. Ton menton.

– Oh, ça ? ai-je dit en caressant la plaie. Ce n'est rien. Je me suis ramassé sur une pierre tombale. Et toi, tu t'entraînes pour le marathon ?

Elle a plissé les yeux, en me lançant son regard « t'es tellement drôle ».

– Le semi de Chislehurst. Je lève des fonds pour les victimes d'un incendie ou d'un cambriolage, dont le domicile n'était pas assuré. Tu veux me sponsoriser ?

J'avais essayé de braquer une banque tandis que Beth s'était enrôlée pour courir un marathon. À vous de repérer la différence. Étais-je vraiment une mauvaise personne ? Les sales types considèrent-ils vraiment qu'ils sont des gens bien ? J'imaginais que c'était le cas.

– Carrément.

J'ai répondu un peu trop vite, ce qui me faisait un peu passer pour un forceur. Un silence gênant s'est installé.

– Mais je n'ai pas d'argent.

– C'est l'heure du café, non ? a-t-elle dit, en clignant des yeux, à cause du soleil. Costa est fermé, mais on pourrait se prendre un Coca et aller nourrir les canards, ou...

Au loin, je percevais le grondement d'une moto. Je savais ce qu'il fallait que je fasse. Je savais qu'il fallait que je dise la vérité à Beth. Que je lui avoue à quel point j'étais idiot.

– Et si on allait juste s'asseoir quelque part ? ai-je proposé. Je n'ai pas vraiment soif.

– À cause de ton menton ?

Comme je ne savais pas si Beth plaisantait, je me suis contenté de hocher la tête. Et ce simple geste m'a fait grimacer.

On a marché ensemble jusqu'au parc municipal. Le bassin était désert, l'eau aussi calme qu'un miroir. Notre banc arborait une plaque commémorative rectangulaire en métal doré, qui à une époque avait indiqué un nom et des dates. Mais des années de dos épuisés les avaient effacés, et on ne distinguait même plus les lettres désormais.

Et là, sur le bois humide de ce vieux banc, j'ai avoué. Les messages menaçants à des vieilles dames au bureau de poste, le chat mort, le code de piratage. Tout.

Tandis que je me livrais ainsi, j'ai eu une nouvelle fois l'impression de me voir de l'extérieur, avec Beth qui m'écoutait, stupéfaite.

Qui était donc cet imbécile qui confessait avoir tenté de braquer une banque ? Était-ce vraiment moi ?

Un renard s'était clairement attaqué à une poubelle. Devant nous, des emballages de paquets de chips et des couches usagées jonchaient le sol autour d'un container en plastique noir. Peut-être que je pourrais ramasser les déchets ? Ça constituerait la première étape dans mon cheminement pour devenir quelqu'un de bien.

– J'étais sûre qu'un truc ne tournait pas rond, quand tu as pris ce boulot à la banque, a commenté Beth. La seule explication logique était que tu préparais un braquage.

Je ne lui ai pas demandé si elle le pensait vraiment.

Elle a pris ma main dans la sienne. J'ai bien failli dégringoler du banc, comme si le fait qu'elle me touche avait le pouvoir de me faire fondre. L'espace d'une seconde, entre la douceur de son étreinte, la fraîcheur de son sourire et le soulagement de mes aveux, j'ai eu l'impression de m'être débarrassé d'un manteau de fer. Tout me semblait, comment dire... Peut-être pas bien, mais en tout cas normal. Sachant que normal, c'est déjà pas mal.

– Merci, ai-je dit.

– De... ?

– De ne pas me juger.

– Pas de problème. Et comme tu sais, je te l'ai déjà rappelé : l'incendie n'était pas de ta faute.

– Je pensais que tu disais ça comme ça...

Elle a serré ma main.

– Oh, Dylan...

(Si on avait été dans un film, si on avait été adultes, on aurait pu s'embrasser. Et... je crois que ça m'aurait plu.)

Mais Beth m'a lâché la main et s'est levée. Elle m'a dit que j'étais un crétin. Un gigantesque crétin. Qu'il y avait autre chose dans la vie que l'argent. Que j'aurais pu être arrêté. Mais qu'est-ce qui m'était passé par la tête ? Mes empreintes étaient partout, au sens propre et au sens figuré ! Comment avais-je pu penser une seconde que c'était une bonne idée ? Pourquoi Rita ne m'avait-elle pas fait changer d'avis ? Et comment avais-je pu aller aussi loin sans me faire choper ?

Après tout, peut-être que j'étais chanceux.

– Désolé, ai-je marmonné. C'est en essayant qu'on apprend.

Beth a secoué la tête et a souri. Du pur Hollywood.

– Tu es tellement étrange !

Elle a dû repérer l'effet que ces mots produisaient sur moi.

– Mais étrange dans le bon sens du terme ! J'aime bien l'étrangeté. Enfin bref... Il faut que j'aille m'entraîner. Sinon, je ne passerai jamais la ligne d'arrivée. Tu sais à quel point c'est long, un semi-marathon ?

– Quinze kilomètres ? ai-je tenté, en ayant bien autre chose dans la tête.

– Vingt et des poussières ! Tu veux courir avec moi ?

J'ai fixé l'étang immobile.

– Je suis un peu barbouillé, ai-je répondu. Désolé.

CHAPITRE 35
LE TAPIS ROULANT DE LA VIE EST PARSEMÉ D'EMBÛCHES

Voilà. Ma vie de criminel était officiellement terminée. J'étais à la fois soulagé et un peu déçu, mais surtout paniqué à l'idée d'achever mon devoir d'histoire, qui n'avait pas avancé.

Assis dans ma chambre, je contemplais mon ordinateur, et mon désespoir augmentait à mesure que la machine traînait à démarrer. La vie, c'était comme Windows. Attendre constamment que quelque chose se passe, et être finalement déçu quand ça arrivait. J'ai branché une paire d'écouteurs, en espérant que leur épaisseur me permettrait de noyer les bruits du monde à l'extérieur de ma chambre. En l'occurrence, il n'y en avait pas des masses, car c'était un de ces jours assez rares où mes deux parents étaient au travail. Quant à Rita, elle s'obstinait à faire semblant de ne pas me voir depuis que j'avais saccagé son existence en lui révélant que le piratage du distributeur n'avait pas fonctionné.

Je n'ai pas tout de suite consulté mon dossier de cours. J'ai plutôt ouvert Chrome. Puis je suis allé sur Facebook. Rien. Quelqu'un avait posté une vidéo de buts marqués contre leur camp par les équipes de deuxième division suédoise, et je suis resté planté devant durant quelques secondes. Puis j'ai été faire un tour sur la page de Beth. Elle avait posté un truc, une photo d'elle sur Instagram. Elle apparaissait souriante, en tenue de running, avec un lien vers sa page pour la sponsoriser. Je me suis abstenu de cliquer. Cinquante-trois personnes avaient liké la photo. Des filles du collège lui disaient que c'était trop une bombe. J'ai parcouru les noms de ceux qui l'avaient likée. La plupart des profils étaient plus âgés que Papa et Maman. Puis j'ai repéré Harry. Sa photo renseignait parfaitement sur son compte. Il se tenait sur un skateboard, aussi à l'aise qu'un chien sur une échelle, en haut d'une rampe. Le cliché était pris en contre-plongée, et il était censé avoir l'air méchant et mal luné. Complètement raté. L'angle n'était pas très flatteur pour sa mâchoire et on pouvait admirer l'intérieur de ses narines. Je suis retourné sur la page de Beth et j'ai suivi son lien vers son compte Insta. Quelques clichés d'une course récente apparaissaient. Harry avait tout liké. Donc je suis allé rendre une petite visite à son compte Insta. Sa dernière publication m'a fait l'effet d'une manchette en pleine tête. C'était une photo de deux personnes de dos, contemplant l'horizon. Typique des images postées sur Insta, sans doute un parc, peut-être celui de Greenwich. Je n'étais pas particulièrement bouleversé par l'esthétique, ni par la composition ou par l'endroit. Je ne me suis même pas demandé qui avait pris cette photo. Pourquoi ? Parce que les deux personnes qui posaient étaient clairement Beth et Harry. Et leurs épaules étaient proches. Genre, carrément très proches.

Proches de chez proches.

J'ai essayé d'agrandir la photo pour voir s'ils se donnaient la main. Mais par mégarde, j'ai liké la photo et un petit cœur rouge est apparu.

(Question : cette journée pouvait-elle empirer ? Réponse : Oui.)

J'en ai voulu à mon ordinateur, à sa lenteur, à mon manque de chance. Je ne savais même pas que j'étais inscrit sur Insta ! J'ai immédiatement retiré mon like. Mais les dégâts étaient là. J'imaginais déjà Harry recevant une notification. Qui le ferait ricaner. Il était probablement allongé sur son lit avec un MacBook, câlinant Beth tandis qu'ils sirotaient un café hors de prix dans des tasses en or.

Je suis resté les yeux dans le vague un moment, avant de décider qu'il n'y avait rien de mieux à faire que mes devoirs. J'étais suffisamment désespéré. Seuls les crétins font leurs devoirs quand ils sont heureux. C'est un gâchis d'endorphines.

J'ai ouvert ma liste Spotify spéciale « misère ». J'ai retrouvé ma clé USB du collège, et après trois tentatives pour l'insérer correctement, j'ai fini par la brancher et j'ai attendu que Windows démarre pour comprendre ce qui était en train de se passer.

La clé a été reconnue et, premier signe d'un nouveau désastre imminent, et peut-être le pire, elle a livré son nom.

SanDisk.

Ce qui était un problème, puisque c'était le nom par défaut de cette clé, avant que son propriétaire puisse lui en attribuer un autre. La clé USB contenant mon devoir d'histoire, quelques cours d'anglais et une application de jeu vidéo de foot qui permettait de faire une partie sur les ordinateurs du collège sans se faire repérer, ne s'appelait absolument pas SanDisk, mais « Dylan Thomas est génial ». J'étais sûr de ça (du nom, je veux dire) et pour cette raison, j'ai commencé à ressentir une bouffée d'angoisse, semblable à celle que provoquerait une armée de vers bien gras arpentant mes intestins.

J'ai ouvert SanDisk. Aucune trace de mes devoirs. Mais en revanche, il y avait un fichier. Baptisé « PiratageDistributeur ».

Le monde s'est effondré. Vous vous souvenez de l'éruption de ce volcan en Islande qui a plaqué les avions au sol durant... trois semaines ? C'est à peu près ce qui s'est mis en place dans mon esprit. Un mélange de gigantesques nuées ardentes, de torrents de lave et d'Islandais hurlants.

Avec le recul, je me rendais compte que ça avait été une erreur de posséder deux clés USB identiques, l'une pour le collège, l'autre pour braquer une banque. Parce que le contenu de cette clé ne pouvait signifier qu'une seule chose :

Planquée dans le distributeur d'une banque donnant sur une rue de Chislehurst se trouvait une clé USB portant mon nom et contenant mes devoirs !!!

Les implications de tout ça ont envoyé une sacrée décharge de testostérone à travers ma frêle silhouette adolescente. Parce que si quelqu'un mettait la main sur cette clé, ça sentirait très mauvais pour moi. On me poserait des questions. Plus spécialement, des inspecteurs de police. Est-ce que cela constituait un crime dans la mesure où il n'y avait pas de code ? Pouvais-je avoir de gros ennuis pour avoir inséré ma clé USB contenant mes devoirs dans un distributeur de billets ? C'était le genre de questions à poser à Google.

Je n'étais même pas certain de ne pas avoir aussi copié le programme sur la clé de l'école. J'étais suffisamment crétin pour l'avoir fait. Quelqu'un allait trouver la clé. Tom me l'avait expliqué : les ingénieurs se servaient de ce port pour mettre à jour la machine. Ce truc était une bombe à retardement, dont l'explosion plus ou moins proche allait m'envoyer devant un juge pour enfants.

Par ailleurs, la perte de ma clé signifiait que je pouvais reprendre à zéro mon devoir sur le Vietnam, ce qui, pour l'instant, m'angoissait encore plus que la perspective de la prison.

Je me suis extrait de devant mon ordinateur, un peu comme Hulk sort de Bruce Banner. Ce vrai coup de chance venait de faire de moi un autre. Voici mon histoire originelle...

Je ne pouvais pas courir le risque d'être confondu à cause de ma clé USB. Et je n'avais pas le temps de tout recommencer pour ma dissertation sur le Vietnam.

J'ai vérifié mon téléphone (aucune alerte), puis je me suis précipité hors de ma chambre pour débouler chez Rita, en ouvrant la porte d'une main brutale. Ma sœur était allongée sur son lit, ses écouteurs branchés sur son mini-ordinateur. Elle a sursauté en me voyant et a aussitôt retiré ses écouteurs, mais je ne lui ai pas laissé le temps de se plaindre.

– C'est parti, ai-je annoncé. Plan B.

J'allais finalement braquer la banque.

Mais cette fois-ci, pour récupérer mon devoir d'histoire, plutôt que des milliers de billets.

PARTIE 3

CHAPITRE 36
OPÉRATION RDH (RÉCUPÉRER LE DEVOIR D'HISTOIRE)

La fenêtre

– Problème n° 1 : sa hauteur.

– Solution n° 1 : escalader une des poubelles.

– Problème n° 2 : dégringoler de la fenêtre sur le carrelage de la banque.

– Solution n° 2 : prévoir un truc mou pour amortir ma chute. Une couverture ?

L'alarme

– Problème n° 1 : l'alarme va se déclencher.

– Solution n° 1 : faire le coup un samedi après-midi. Les gens penseront que c'est le même problème que la semaine dernière : soit je suis enfermé aux toilettes, soit c'est un pigeon égaré.

La porte des toilettes

– Problème n° 1 : elle sera probablement fermée.

– Solution n° 1 : je n'en sais rien. Je m'y étais déjà retrouvé bouclé, j'avais dû être libéré par les pompiers.

Le distributeur

– Problème n° 1 : il est sécurisé par un code.

– Solution n° 1 : BOOBS.

– Problème n° 2 : il est aussi fermé à clé.

– Solution n° 2 : aucune idée.

La fuite

– Problème n° 1 : atteindre la fenêtre.

– Solution n° 1 : j'espère qu'ils ont réparé la poubelle, que j'ai éclatée. Si ce n'est pas le cas, trouver un moyen de me balancer en prenant appui sur le lavabo ?

– Problème n° 2 : quitter la banque.

– Solution n° 2 : demander à Rita de faire chauffeure.

CHAPITRE 37

ÉCHOUER À SE PRÉPARER, C'EST SE PRÉPARER À ÉCHOUER

On était en début de soirée, et j'étais assis à mon bureau. L'écran de l'ordinateur était incliné pour que Rita puisse le voir, car elle avait choisi de s'installer en tailleur par terre, telle une gamine de maternelle. Elle était concentrée sur le PowerPoint affiché. J'avais passé l'après-midi à le mettre en forme, en refusant pour ça d'aller taper dans le ballon, car pour la première fois de l'été, tous mes potes étaient de retour de vacances et bien décidés à se retrouver :

Ben Bright, qui avait un œil de verre et acceptait de le retirer en échange d'une pièce ; Chris « Rose » Rosemary, qui était bien plus doué pour faire n'importe quoi avec le ballon que la plupart des gens pour faire des passes ; Si Warhust et sa sœur, Emma, qui était cinquante fois meilleure que son frère et qui passait aux infos régionales quand elle n'était pas choisie dans le onze de départ ; Dan Hirst, qui avait toute la technique mais que ma grand-mère aurait battu au sprint ; Carlton Smith, qui vous collait un pain si vous tentiez de le tacler ; les jumeaux Walker, fille et garçon, aussi nuls l'un que l'autre ; et James Wood, qui prenait son rôle de gardien tellement au sérieux qu'il possédait des gants « professionnels », même s'ils ne l'empêchaient pas de prendre dix buts par match.

Oui, je leur avais dit que je n'étais pas disponible. Pour faire une présentation PowerPoint. À situation désespérée, solutions extrêmes.

J'avais tiré les rideaux pour créer l'atmosphère appropriée. J'avais informé Rita que je lui laisserais du temps pour poser ses questions à la fin, et je faisais donc défiler les pages les unes après les autres en cliquant sur ma barre espace.

Mon plan était simple : accéder à la banque en me faufilant par la fenêtre des toilettes dont les barreaux avaient été sciés, forcer la porte des toilettes pour déboucher dans le couloir à l'arrière de l'agence et (d'une manière ou d'une autre) déverrouiller le panneau protégeant le distributeur pour récupérer ma clé USB.

– Bon, j'ai des questions, a dit Rita, à l'issue de mon exposé.

J'ai hoché la tête.

– Deux de tes problèmes n'ont pas de solutions. Et ça a systématiquement à voir avec des serrures, ce qui est un élément-clé pour un braquage.

– Ça, ce n'est pas une question, mais une observation, ai-je objecté, en me souvenant des concours d'éloquence à l'école.

– Je n'ai pas fini. Je refuse tout net de conduire la voiture, parce que ça te fait peut-être plaisir d'être arrêté, mais moi, non. Je n'ai pas bossé comme une folle pour intégrer l'université de Manchester dans le but de devenir la chauffeure d'un type en cavale. Surtout quand il n'y a pas de rémunération à la clé.

– Ça non plus, c'est pas une question.

Rita a haussé les épaules.

Je n'avais pas envie de me disputer avec elle. Pas maintenant. C'était ma chambre : le manque de lumière et la puanteur du déodorant le prouvaient. C'était aussi mon plan. Ce qui signifiait que c'était MOI qui étais aux commandes. Et on était là pour discuter stratégie. Pas pour s'affronter.

– Je n'ai pas non plus envie d'être arrêté, Rita. D'où ce PowerPoint. Donc, est-ce que tu as de vraies questions, ou est-ce qu'on a terminé ?

– Oui, j'ai une question. Tu comptes utiliser la bonne clé USB, cette fois-ci ? Est-ce que tu vas récupérer de l'argent, ou pas ?

Si le diable existait, il était forcément incarné par Rita. J'ai noté qu'elle n'avait pas employé le verbe « voler ».

– T'en penses quoi ? ai-je demandé, en connaissant déjà la réponse.

– Ce plan, qui trouve son origine dans le fait que tu as fait brûler la maison de ta copine...

– C'était un branchement électrique défectueux...

– Peu importe. Le plan initial était d'utiliser ce programme de piratage pour voler soixante mille livres. Et c'était idéal, parce que tu ne te serais jamais fait prendre. Le code s'autodétruit, c'est bien ça ? Tu m'as assuré que ça désactivait même la caméra de surveillance du distributeur. Une sorte de cape d'invisibilité.

– Toi, tu veux vraiment un MacBook, hein ?

Rita a haussé les épaules et on s'est dévisagés un moment, tels deux chiens se préparant pour l'inévitable flairage de fesses. Sauf que je n'étais pas d'accord pour me faire renifler le bas du dos. C'était dégueu. Et en plus, j'avais préparé un PowerPoint, donc je méritais un minimum de respect.

– Non, ai-je déclaré. Je ne vais pas braquer cette banque. C'est une idée de malade. Je ne sais même pas ce qui m'a pris au départ. Je veux juste récupérer mes devoirs. Surtout qu'il y a mon nom dessus.

Rita m'a à nouveau fixé.

Puis a encore haussé les épaules.

– T'as peut-être raison, a-t-elle fini par lâcher. Tu n'es pas foutu de sortir de la maison sans te ramasser, alors je ne vois pas trop comment tu pourrais braquer une banque.

– Donc tu vas m'aider ?

Rita a sorti son téléphone.

– Tu fais quoi, là ?

– Je suis en train de t'aider. Je cherche sur Google comment crocheter des serrures.

– Surtout pas ! ai-je crié en tendant ma main, ce qui ne servait à rien.

– Calme-toi, mec. C'est plutôt intéressant. Imagine comme je pourrais bien m'amuser à l'université si je pouvais y arriver. Et de toute façon, je suis en navigation privée.

– Ça ne change rien.

– Disons que si tu te fais choper, tu pourras toujours avouer que tu as aussi volé mon téléphone. De quel type de serrure s'agit-il ?

CHAPITRE 38
NE PAS OMETTRE L'IMPORTANCE D'UN BON TIMING

Posés sur ma couette :

1. Trois tournevis de différentes tailles, empruntés à la boîte à outils de Papa.

2. Des pinces réglables, également empruntées à Papa.

3. Mon deuxième oreiller, un énorme chamallow susceptible de me casser le cou si je dors dessus.

4. Le sac à dos que Maman a acheté sur eBay pour le parcours d'aventures auquel je voulais m'inscrire à Pâques, déniché dans le placard sous l'escalier, où on empile les trucs sans jamais les utiliser.

5. Une carte cadeau Amazon (utilisée), rectangulaire et en plastique, ressemblant à une carte de crédit.

6. Une montre Casio que Rita avait dénichée dans ses tiroirs.

7. Une cagoule de ski rose, à laquelle étaient encore accrochés quelques cheveux blonds. (Dans *Heat*, Robert De Niro en utilise une, même si elle n'est pas rose. Il n'y avait pas de caméras à l'arrière du bâtiment de la banque, pas non plus dans le couloir derrière les guichets, mais ça valait le coup d'être doublement prudent.)

8. Des gants en latex dont Rita se servait pour faire sa couleur de cheveux et qui donnaient un style très tueur en série.

Les jours entre la présentation PowerPoint et LE samedi étaient passés dans une sorte de suspension cryogénique, comme lorsque les astronautes voyagent vers de lointaines galaxies. Sauf que mon cerveau n'avait pas été gelé, parce que la partie chargée de s'angoisser fonctionnait encore. Et carburait, même.

J'ai toujours l'impression que le week-end met des années à arriver, particulièrement quand je suis en classe. Mais pas cette semaine. Et au moins, la vitesse à laquelle les journées avaient défilé m'avait permis de ne pas trop me faire de souci sur la rentrée du mardi suivant, même si je n'avais pas fait mes devoirs de vacances.

J'avais pourtant essayé. J'avais lu trois des livres donnés par notre prof d'anglais. Mais je n'arrivais pas à me concentrer. Pas parce qu'ils ne m'avaient pas plu, ou que j'étais plus attiré par mon téléphone portable ou par un magazine de football, mais parce que la vie était actuellement bien plus dramatique que la fiction.

Allongé sur mon lit, j'ai passé un moment à me triturer les ongles, et à vérifier mon compte en banque (je n'avais toujours pas été payé). J'avais envoyé un message à Beth pour la prévenir que je ne pouvais pas aller courir avec elle parce que j'avais toujours mal au ventre. J'avais décidé de l'éviter jusqu'au week-end. Je ne voulais pas qu'elle risque de me faire changer d'avis. Elle traînait probablement quelque part avec Harry. Même si ça m'avait fait du bien de lui dire la vérité, je préférais qu'elle ne sache pas tout. Surtout les trucs susceptibles de me faire passer pour un crétin. Comme mon plan de m'introduire dans une banque pour récupérer une clé USB contenant mon devoir d'histoire, par exemple.

Tandis que je fixais le plafond craquelé de ma chambre, imaginant que les toiles d'araignées représentaient d'étranges contours de continents, j'espérais que Gradual n'avait pas fait remplacer les barreaux de la fenêtre. Parce qu'évidemment, il faudrait bien qu'il lance les travaux dans un futur plus ou moins proche. Cette fenêtre était un point faible. Et elle était centrale dans mon plan. Mais au début de la semaine, elle était toujours dans le même état, comme un sourire édenté. J'avais été faire un tour de vélo dans le coin, pour vérifier...

Il était l'heure. Je me suis douché. J'ai mangé un bon petit-déjeuner : des céréales, pas de sucre. Rita m'a proposé un café noir, mais je savais que je ne pouvais pas faire confiance à ma vessie. Après avoir étudié une dernière fois mon PowerPoint, j'étais prêt à partir. Ma sœur a posé ses mains sur les lanières de mon sac à dos globalement-vide-mais-ne-demandant-qu'à-se-remplir-de-billets, et a plongé son regard dans le mien en me rappelant de prendre la bonne clé USB avec le code de piratage.

J'ai hoché la tête et elle m'a souhaité bonne chance. Elle s'est penchée et m'a déposé un baiser sur le front. En se reculant, elle a semblé sur le point de me dire quelque chose. Mais elle s'est ravisée. Alors j'ai poussé un grognement et j'ai tourné les talons, parce que tout crime doit commencer par un premier pas. Et aussi parce que Rita rendait ce moment ultra réaliste et me stressait complètement.

J'ai quitté la maison en entendant Maman me crier de rapporter un litre de lait si je pouvais. J'ai fait quelque pas dans cet été banlieusard qui touchait à sa fin, convaincu que mon projet de braquer une banque en me faufilant par la fenêtre des toilettes était voué à l'échec. Au moment où j'ai enjambé la pierre tombale de Kevin, je me suis dit que la fortune et la gloire ne s'étaient jamais tenues aussi éloignées de moi.

Et en plus de tout ça, les cours reprenaient la semaine suivante.

Rita et moi, nous nous étions mis d'accord sur le déroulé suivant :

13 h 30, je quitterais la maison, sous prétexte d'aller faire un foot. Selon Google Maps, j'étais censé être à la banque à 14 h. J'accomplirais alors mon braquage, pour avoir quitté les lieux à 14 h 10. Si la police réagissait à l'alarme, ce qui n'avait jamais été le cas jusque-là, j'avais calculé que la brigade mettrait treize minutes pour arriver du commissariat de Bromley, à moins que je ne sois particulièrement malchanceux et qu'une voiture patrouille dans les parages. Ce qui, dans le pire des cas, me donnerait trois minutes pour filer. À 14 h 11, Maman, Papa et Rita m'attendraient dehors, serrés dans la Ford Fiesta de Maman, pour me récupérer après le foot, afin qu'on aille tous déjeuner à Blackheath pour fêter les examens de Rita... selon la suggestion de cette dernière... parce que pourquoi pas ?

J'ai vérifié mon téléphone tout en marchant. Pas de nouvelles alertes. Mes nerfs, aussi électriques que Docteur Fatalis, ont poussé mes doigts idiots à ouvrir la page Instagram de Beth. La dernière photo : Harry sur son skateboard. En plein cœur du quartier de Southbank.

Un cliché retouché avec un filtre, qui impliquait la proximité entre eux. J'ai accéléré. Elle devrait éviter de prendre Harry en photo. J'ai supprimé l'application. Et pour la troisième fois de l'été, j'ai éteint mon téléphone avant de le ranger dans mon sac.

La route entre chez moi et la banque était une ligne droite. Au sens propre. Je n'avais qu'à la suivre. Peu importe le jour de la semaine, ou l'heure, le trafic y était en principe dense. Mais pas ce jour-là. Il n'y avait même pas les quelques habituels cyclistes du week-end, avec leur ventre de buveur de bière et leur crise de la cinquantaine moulés dans une combinaison en Lycra.

Tout le monde était peut-être fourré dans des magasins de literie ? De jardinage ? De thé ?

Le truc, c'est que plus je marchais, plus ce vide des rues me faisait flipper. C'était quoi, l'apocalypse zombie ? Ou alors, j'étais encore en train de rêver ? Pas une voiture. Pas même un bus. Est-ce que j'étais surveillé ? Filmé ? Est-ce que j'étais la star d'une émission de télé-réalité sans le savoir ?

Et c'est à cet instant que j'ai perçu le grondement.

Au début, j'ai cru que c'était les battements de mon cœur. Puis, quand l'asphalte sous mes pieds a commencé à trembler, j'ai compris que l'origine de ce bruit avait une source multiple. Une sorte de grondement, comme du tonnerre, qui se rapprochait... carrément.

Vous connaissez ce moment, où l'orage n'est pas loin d'exploser ? Une grosse goutte s'écrase au sol, c'est en quelque sorte une unité d'avant-garde, puis une autre la suit, et bientôt des centaines de petits soldats tombent tout autour de vous et il ne reste plus qu'à courir se mettre à l'abri avant de se prendre des seaux d'eau sur la tête.

J'étais exactement dans cette situation, tandis que je parcourais la route étroite et pavée qui traverse le petit bois de Chislehurst avant de déboucher sur la rue principale, sauf qu'il ne pleuvait pas de l'eau... mais des joggers. Et qu'ils ne tombaient pas vraiment du ciel. Ils soufflaient et crachaient pile au milieu de la chaussée.

Avant que je ne puisse réagir, j'étais submergé par le Lycra. Des coureurs se déversaient sur cette route déserte comme du Coca-Cola jaillissant d'une bouteille secouée. Certains avaient les yeux rivés sur leur montre connectée. D'autres avaient l'air d'être proches de l'apoplexie. Et étrangement, ils semblaient tous diffuser une odeur très semblable à celle du déodorant de Rita.

Chacun portait une feuille de papier épinglée à son dos. Avec un numéro, et juste au-dessus, cette inscription : SEMI-MARATHON DE CHISLEHURST.

CHAPITRE 39

NE JAMAIS SOUS-ESTIMER SA CAPACITÉ DE STUPIDITÉ

« Je suis un crétin, ai-je songé. Un méga crétin, comme l'a dit Beth. Je suis l'Empereur Intergalactique de la Confédération des Idiots, envoyé sur terre pour montrer à l'humanité ce qu'est la véritable idiotie. »

Samedi. C'était le jour du semi-marathon de Beth. Celui pour lequel je savais pertinemment qu'elle s'était entraînée. Et le pire jour pour commettre un crime, puisque les rues seraient blindées de témoins. J'ai réfléchi à tous ces amis et leurs familles qui allaient suivre la course sur les réseaux sociaux.

J'ai sorti mon téléphone et l'ai rallumé. Le premier flot de coureurs était passé. À présent, ils avançaient en petits groupes, qui s'étiraient sur la chaussée. Tous avaient des visages cramoisis, et ils martelaient le sol comme si chaque nouvelle foulée était encore deux fois plus douloureuse que la précédente.

Où se trouvait Beth ? Était-elle devant ? Ou en approche ? Est-ce qu'elle m'avait repéré ? Je me suis retourné. Une constellation de visages, de tous âges, de toutes les couleurs, hommes ou femmes. Unis dans une même agonie. Mais pas de Beth.

J'ai continué mon chemin, d'un bon pas. Parce que faire demi-tour augmentait mes chances de me retrouver nez à nez avec Beth, et je ne l'avais même pas sponsorisée.

J'ai écrit un message WhatsApp à Rita, malgré mes doigts qui tremblaient :

« On annule. »

J'ai vu qu'elle était en train de me répondre, puis :

« ? »

« Marathon. Un monde fou. »

Comme c'était un moment grave, j'ai évité d'ajouter une émoticône.

« Police occupée. Routes fermées = encore mieux ! » a-t-elle répondu en ajoutant un pouce levé.

Un peu plus loin, un vieux monsieur avec un chapeau de paille était assis sur une chaise pliante au milieu de la route. Il tenait une feuille de papier plastifiée, qui portait une grosse flèche indiquant aux coureurs de prendre l'embranchement leur faisant éviter le parc, l'étang et les canards, et surtout la rue principale et la banque.

« Hummm », ai-je songé, en adressant un sourire à l'homme, tout en poursuivant tout droit.

La rue principale était déserte. Un peu plus haut, un ruban mauve était tendu en travers de la chaussée, accroché à deux réverbères. J'ai pensé que ça devait être la ligne d'arrivée, car une femme était en train de sortir des packs d'eau minérale d'une caisse, tandis qu'un homme contemplait un grand panneau. Tous les deux portaient des gilets jaunes et arboraient le visage attendu des bénévoles participant à l'organisation des semi-marathons.

J'en ai déduit que la course devait décrire une boucle et s'achever à une centaine de mètres de la banque. Du coup, cette portion de la rue principale, qui devait bien avoir la taille de trois courts de tennis, était isolée de l'itinéraire. Il y avait un espace totalement mort entre le vieux avec sa flèche et la ligne d'arrivée. Bien sûr, il serait blindé de coureurs pliés en deux sous peu, dès la fin de l'épreuve, mais en attendant, à part une tasse en carton écrasée, c'était totalement vide. Comme si on avait débarrassé cet endroit rien que pour moi, pour le transformer en pas de tir ou en scène de spectacle.

Question : où Papa et Maman allaient-ils me récupérer si la rue était fermée ?

J'ai à nouveau envoyé un message à Rita. Parfois, ça a du bon d'avoir une sœur :

« Changement de plan. Récupération sur parking supermarché. 5 minutes plus tard que prévu. Partez plus tôt de la maison. »

« D'accord. »

Je ne voyais pas comment le supermarché pourrait être fermé, même si on se rendait compte finalement qu'il s'agissait bien d'une apocalypse zombie et pas du semi-marathon de Chislehurst.

J'ai fait le tour de la banque en courant. Derrière le bâtiment, il n'y avait que moi et les poubelles (et leurs légumes pourris), ainsi que la fenêtre des toilettes, *toujours sans barreaux* ! J'ai tiré un des containers noirs sous la fenêtre. C'était exactement le même type de poubelles que Papa me demande de disposer devant notre jardin tous les jeudis matin. Puis j'ai enfilé la cagoule de ski rose de Rita, et j'ai soudain eu l'impression d'être retiré du monde, comme si une voix minuscule crépitait autour du corps d'un autre. J'ai attrapé les gants en latex au fond de mon sac, et j'ai bien galéré pour les mettre. Il était hors de question de laisser mes empreintes partout.

J'ai escaladé la poubelle, en ne me sentant pas très stable, mais j'ai réussi à reprendre mon équilibre en m'agrippant au mur en briques. La fenêtre était plus étroite que dans mon souvenir, mais j'avais positionné le container à l'endroit idéal pour pouvoir l'atteindre et me faufiler à l'intérieur. Le verre de la vitre brillait fièrement et était à la même hauteur que ma poitrine. J'ai sorti la pince du sac. Je n'étais pas très à l'aise perché ainsi, et j'ai failli tomber.

Vérification de l'heure : quatorze heures tout pile. Gloups. Un regard rapide par-dessus mon épaule. Une étendue de béton menant à de grands arbres. Pas d'yeux indiscrets. Pas de caméras. Pas de Rita. Pas de police. Pas de coureurs. Pas de chiens. Pas de Beth.

Ne demeurait que le passé.

Devant moi, il y avait le futur et une petite fenêtre à briser.

J'ai pris mon élan avec les pinces.

« Allez, un peu de chance ! » ai-je songé.

« Non ! » a hurlé chacune des synapses de mon cerveau.

J'ai fermé les yeux tout en balançant les pinces de toutes mes forces.

(Franchement, ce devoir d'histoire avait intérêt à me rapporter une bonne note.)

CHAPITRE 40
NE PAS TENTER DE BRAQUER UNE BANQUE EN SOLITAIRE

Le verre a éclaté comme le verre éclate quand on le frappe avec un objet en métal. Et à ce moment précis, j'ai entendu une pâle clameur monter dans la rue principale. La course prenait fin et quelqu'un venait visiblement de battre son record.

L'alarme ne s'est pas déclenchée. Enfin, pas immédiatement. Aucun voisin, aucun agent de police ne se sont précipités. Parce que des vitres explosées, c'est fréquent. On est dans la banlieue au sud-est de Londres. Non, l'alarme n'a commencé son habituel wooo-wooo-wooo que lorsque j'ai fait passer mon oreiller par la fenêtre, dont l'épais tissu a achevé d'embarquer au passage les éclats de verre en forme de dents de T-Rex qui restaient accrochés au cadre. Un morceau tranchant pointait encore, mais il n'a pas résisté au passage de mon sac à dos, que j'ai poussé tel un postier planté devant une gigantesque boîte à lettres. L'alarme avait déjà pénétré l'intérieur de mon cerveau reptilien. Le sang battait à mes oreilles comme si ce hurlement avait toujours été là et qu'il avait tout envahi.

J'ai passé le bras par la fenêtre pour atteindre son loquet et l'ouvrir. Malgré la poubelle branlante sous mes pieds, j'ai réussi à me hisser à la bonne hauteur et à me faufiler. J'ai senti le cadre de la fenêtre qui râpait ma nuque et mon dos. J'avais l'impression de progresser comme un poisson, en me mouvant sans me servir de mes bras dans cet espace indéfini.

Cette reptation s'est interrompue alors que j'étais à moitié passé. Je sentais le rebord de la fenêtre et les extrémités des barreaux qui s'enfonçaient dans mon ventre, tandis que mes jambes étaient encore à l'extérieur. Si un passant avait vu la scène, il aurait sans doute pris ça pour une performance artistique typique de l'est londonien.

Sur le sol des toilettes, l'oreiller et le sac à dos semblaient m'appeler.

« Du moment que je protège mon crâne, ai-je songé, ça devrait bien se passer. »

(Comment avais-je pu croire qu'un simple oreiller suffirait à amortir le poids de tout mon corps ?)

– T'es un crétin, Dylan, ai-je articulé, commençant à croire que je l'étais vraiment.

L'atterrissage allait être doux. Mais pas simple à négocier.

Je me suis tortillé un peu plus, tel un vers, me préparant à chuter. Un petit centimètre supplémentaire et soudain, mon poids a eu raison de la balançoire gravitationnelle : j'ai basculé, mes Converse heurtant le cadre de la fenêtre au passage.

Je suis tombé. Mais pas sur le sol.

Le revers de la jambe droite de mon pantalon s'est accroché quelque part. Ma chute s'est arrêtée à un centimètre de mon oreiller. Je l'ai balayé d'un geste de la main, tandis que je pendouillais, coincé là en équilibre sur les mains, comme si quelqu'un avait interrompu le déroulé de l'action. Mais soudain, le tissu s'est déchiré (quelque chose qui serait susceptible d'agacer Maman encore plus qu'un braquage de banque), ma jambe s'est libérée, et je me suis ramassé sur le carrelage. Visiblement, être suspendu par une jambe de pantalon semblait être un don inné dans ma famille.

J'étais dans la place !

J'ai ramassé mon sac à dos pour en sortir la carte Amazon. En me précipitant vers la porte, j'ai noté qu'il y avait une nouvelle corbeille, ce qui signifiait que j'aurais un truc sur lequel grimper quand il faudrait prendre la poudre d'escampette. Mon sac enfilé sur le dos et la carte en main, je me suis agenouillé face à la porte tel un serrurier aguerri : phase deux de mon plan.

J'avais appris à me servir d'une carte pour ouvrir une porte grâce à la recherche de Rita sur YouTube. Sur la vidéo, on voyait un gars, avec une grenouille en guise de photo de profil, nous expliquer dans un fort accent du sud des États-Unis, tout en manipulant une poignée de porte identique à celle des toilettes de la banque, comment procéder si on avait oublié ses clés. L'astuce était d'insérer une carte de crédit dans l'interstice où le pêne fait le lien entre la porte et le chambranle, de faire un peu pression, et voilà !

« Ça se pourrait bien que votre carte soit un peu tordue ! » avait-il ajouté.

La vidéo comportait un message d'avertissement : « FILM RÉALISÉ À DES FINS PÉDAGOGIQUES ». Je l'avais plus regardée au cours de la dernière semaine que la compilation des meilleurs buts de Palace au cours de toute ma vie.

Ma main droite tremblait légèrement en agrippant la poignée. S'il n'y avait pas eu ce beuglement continu, j'aurais entendu le métal cliqueter. De ma main gauche, peu habituée au travail de précision mais néanmoins sollicitée dans ce moment intense de dynamique « poignée de porte / chambranle de porte », j'ai inséré la carte entre le pêne et le cadre. Je me suis concentré sur ce que je me rappelais de la vidéo, et j'ai appuyé le plastique vers le bas. Il fallait un peu de force pour le faire bouger, mais ça a marché et un cliquetis satisfaisant m'a indiqué que je venais de faire jouer le pêne.

Je me suis relevé et j'ai ouvert la porte. La carte cadeau Amazon, pliée au milieu, est tombée au sol.

« Ça a fonctionné », me suis-je dit.

J'ai ramassé la carte et j'ai continué.

(Quels autres secrets pouvait-on encore apprendre sur YouTube ?)

Droit devant : le couloir. Pouvais-je sentir l'odeur du café ? Celle de la climatisation ? Ou s'agissait-il juste de l'adrénaline qui embourbait mon esprit ?

Je vais vous dire ce qu'il m'était impossible de faire : voir dans le noir. Dans mon PowerPoint, j'avais omis le problème de la lumière. On était en plein après-midi, j'avais supposé que ce serait un minimum éclairé. Mais il n'y avait aucune fenêtre donnant sur le couloir, qui n'était qu'une mince artère dissimulée derrière les guichets pour desservir les pièces du fond du bâtiment. Il devait bien y avoir un interrupteur quelque part, mais je n'avais pas de temps à perdre. Donc j'ai avancé, avec pour seule lumière ce-qui-provenait-de-la-fenêtre-des-toilettes-et-qui-n'était-pas-top. Cette obscurité rendait le crime encore plus sordide. J'ai retiré le sac de mes épaules pour attraper mon téléphone. Je l'avais coupé car je ne voulais pas qu'on repère mon signal à cet endroit. Mais j'avais besoin de sa lampe. Je l'ai donc allumé en basculant aussitôt en mode avion. Il ne me restait plus que douze minutes avant de retrouver Papa et Maman sur le parking du supermarché. Il fallait que je me bouge. J'ai pivoté et me suis pris les pieds dans les lanières de mon sac à dos. Et comme j'avais mon téléphone dans une main et les bretelles du sac dans l'autre, je n'ai pas pu protéger mon visage. Mon menton encagoulé a râpé la moquette, comme du bois frotté au papier de verre. Mais je me suis relevé immédiatement, pas comme un attaquant de Premier League, parce que je n'avais carrément pas le temps de me rouler par terre dans un couloir sombre.

J'ai écarté le tissu de ma mâchoire. Mon menton piquait, j'avais rouvert la cicatrice de la pierre tombale. Heureusement, la lampe de mon iPhone n'a révélé aucune trace de sang sur les gants ou sur la moquette. Je préférais laisser aussi peu d'ADN que possible.

J'étais devant le panneau protégeant le distributeur. C'était parti.

CHAPITRE 41
POUR BRAQUER UNE BANQUE, IL FAUT SAVOIR RESTER MAÎTRE DE SES NERFS

J'ai pris une inspiration profonde, parce que c'est ce que font les braqueurs dans les films ou les séries télé avant de s'attaquer à un coffre.

– BOOBS, ai-je dit, sans pouvoir m'entendre à cause de l'alarme, qui diffusait une douleur profonde sur le devant de mon crâne, tout en continuant à indiquer ma présence au monde entier, qui pour l'instant n'en avait rien à faire.

Merci, l'alarme.

Une autre inspiration, peut-être ?

Clint Eastwood.

Al Pacino.

George Clooney.

Qui d'autre ?

J'ai tapé les chiffres sur le clavier.

8.0.0.8.5

BOOBS.

La petite loupiote en haut à droite du revêtement en plastique noir est passée du rouge au vert. J'ai souri exactement comme Tom, parce qu'il y avait un paquet de variables cet après-midi, mais lui et son BOOBS ne m'avaient pas laissé tomber. Carrément pas. Comment avais-je pu douter que 80085 était bien le code ?

Il ne me restait que la dernière serrure, avant que le distributeur ne révèle son contenu. YouTube nous avait déniché une petite Américaine avec des taches de rousseur et des couettes, qui insérait un petit tournevis dans la serrure d'un casier d'école, le genre d'armoires qu'on voit dans toutes les séries tournées dans un lycée américain. Elle serrait le manche du tournevis à l'aide d'une pince réglable et donnait des coups de coude dans les poignées de la pince, ce qui la faisait perdre l'équilibre et tomber par terre, provoquant l'hilarité de celui qui filmait. Mais le résultat, c'était que la serrure cédait et que le casier s'ouvrait. Ensuite, les deux complices collaient une tête de poisson derrière une pile de bouquins, ce qu'ils trouvaient visiblement très drôle et « BIEN JOUÉ » s'affichait sur la vidéo.

Ça n'avait pas l'air trop compliqué.

J'ai posé mon téléphone au sol et sa lumière m'a éclairé d'en bas, transformant mon visage en un masque d'Halloween. J'ai retiré de mon sac le premier tournevis que j'ai trouvé. Sa pointe était trop épaisse, alors j'ai entrepris de sortir le deuxième tournevis, dont la pointe était plus fine, mais néanmoins encore trop grosse. J'ai humecté mes lèvres. Essuyé de la sueur imaginaire dégoulinant de mon front et gratté mon menton. Il me fallait le troisième tournevis. Il n'allait pas me planter. J'avais foi en lui. Il était toujours au fond du sac. Je n'étais pas certain de sa taille. Mais je n'avais qu'une chose à faire : me convaincre qu'il allait rentrer.

J'ai répété mon mantra : *Clint Eastwood, Al Pacino, George Clooney... Ron Livingston.* Encore, et encore, et encore. La répétition crée la confiance.

J'ai sorti mon dernier tournevis. Et il est rentré profondément dans la serrure, comme s'il avait été créé dans ce seul but, comme si toute sa vie, comme la mienne, n'avait mené qu'à cet instant précis.

Maintenant, j'avais besoin des pinces réglables. Pour serrer le manche du tournevis. Serrer ces pinces jusqu'à ce qu'elles enferment ce tournevis dans une étreinte mortelle. Vérifier qu'elles étaient parfaitement stables. Repenser à la gamine de la vidéo YouTube. Elle utilisait son avant-bras, comme une prise de cou au catch. Prêt... action !

Stop ! C'était pas un bruit ? Je me suis figé. Est-ce que j'avais entendu quelque chose ? *Comme un boum ? Un truc ? Un pigeon ou la police ? Est-ce qu'il fallait courir aux toilettes pour vérifier ?*

Concentre-toi. Il n'y a rien, à part l'alarme. Allez, concentre-toi. Non, il n'y a vraiment rien, à part ce distributeur. Tu ferais bien de t'y consacrer. Parce qu'il n'y a pas de temps à perdre.

J'ai abattu mon bras sur la pince. Elle a bougé de quatre-vingt-dix à centre quatre-vingts degrés. Première leçon de vie : c'est la force brute qui fait la loi. J'ai retiré le tournevis et agrippé la cloison protégeant le coffre du distributeur. Elle s'est ouverte sans résistance, et là, au milieu de toute cette beauté de revêtement plastique et métallique, de cet enchevêtrement de câbles électriques, j'ai retrouvé ma clé USB. Je l'ai débranchée et fourrée au fond de mon sac. Mission accomplie.

Mais je n'ai pas pour autant refermé l'engin. Car ça restait injuste que nous n'ayons pas d'argent. Et, même si les minutes continuaient à s'égrener et que mon cœur battait toujours la chamade, j'ai marqué un temps d'arrêt. Je suis resté là, assis face à cette machine à billets, à cogiter.

Les cartouches du distributeur étaient disposées en deux rangées de trois sous la partie électronique. Des tas de billets. Après cette opération, je pourrais retrouver

Beth et lui remettre une enveloppe pleine d'argent, je pourrais déverser sur elle une pluie de billets de vingt livres au moment où elle passerait la ligne d'arrivée. C'était complètement stupide, et ça me vaudrait une arrestation immédiate, mais pour autant...

« À toi de voir, lui dirais-je. De quoi te sponsoriser ou payer la caution de ton appartement. »

Je prétendrais avoir gagné au loto.

Mes réflexions ont été interrompues par une voix. Une voix qui criait par-dessus l'alarme. Et qui provenait de l'autre côté du distributeur. Du côté du monde extérieur, des adultes, du semi-marathon et du châtiment.

– Hé, frère ! criait la voix. T'es à l'intérieur de la machine ? C'est toi qui la fais fonctionner ? Non, je déconne. Mais je t'entends taper. Tu dois pas être grand, mon gars !

Je ne voyais aucune silhouette. Le distributeur me protégeait. Mais dehors, il y avait bien un gars qui braillait. Et qui prétendait m'entendre. Possible ? Il était peut-être saoul ? Les gens adressent parfois la parole à des objets. Papa parle bien à sa camionnette... La question, c'était plutôt : est-ce que ce type à l'extérieur pouvait me voir ? Ça paraissait peu probable. Il n'y avait que l'écran qui était visible de l'extérieur, et je ne saisissais pas comment il aurait pu distinguer quoi que ce soit à travers. J'ai hésité. J'ai tendu l'oreille. Il y avait une autre voix, moins forte, qui déblatérait sur l'alarme. Puis le type qui criait a repris :

– T'es en plein braquage, c'est ça ? Hé, toi, à l'intérieur ! Allez, c'est de bonne guerre. Mais laisse-nous au moins un petit cinquante pour le week-end !

Un frisson a parcouru mon corps, comme si le moi du futur revoyait cet instant précis depuis une petite cellule de prison, en éprouvant tous les regrets du monde.

J'ai fixé les liasses de billets. Et là, j'ai repensé à la fin d'*Indiana Jones et la dernière croisade*.

CHAPITRE 42
CHERCHER L'INSPIRATION PARTOUT ET DANS TOUTE SITUATION

Donc. *Indiana Jones et la dernière croisade*. Une immense faille s'est ouverte dans le sol, dans laquelle a basculé le Saint Graal, que les nazis ont justement passé tout le film à traquer. Le Graal a atterri sur une petite anfractuosité de roche. Une nazie est elle aussi tombée dans la faille. Indiana Jones a réussi à la rattraper par une main, mais il ne peut réussir à la remonter si elle ne lui donne pas son autre main. Malheureusement, elle tente désespérément d'atteindre le Graal.

– Chérie, je ne peux plus te tenir, la supplie-t-il.

Son gant noir glisse de la main d'Indy et elle disparaît en hurlant dans les profondeurs fumantes de la faille. Déstabilisé, Indiana Jones s'apprête à la suivre, mais il est rattrapé par son père. Henry Jones Senior, à son tour, ne le retient que par une main. De l'autre, Indy se contorsionne pour toucher le Saint Graal, il l'effleure...

– Indiana, dit son père (Sean Connery). Laisse-le.

(Une sorte de « libéré, délivré », mais un million d'années avant *La reine des neiges.*)

Alors Indy renonce.

Je n'avais pas besoin de milliers de livres. Enfin, si. Et Beth aussi. Mais ce n'était pas la bonne manière de procéder. Vous connaissez cet étrange allègement de l'esprit quand on prend une décision difficile, mais qu'on sait qu'elle est juste ? Comme lorsqu'on avoue avoir copié-collé un devoir d'internet ? Ouais, voilà, exactement ça...

(En tout cas, je me suis dit que je pouvais quand même attendre mes résultats d'examen avant de me lancer vraiment dans la criminalité.)

Donc, j'ai renoncé, j'ai refermé le distributeur, en réussissant au passage à laisser le verrou en état de marche. J'ai remis en place le panneau. C'était comme si je n'étais jamais passé par là. LOL.

– Hé ! a appelé la voix de l'autre côté, mais j'ai décidé qu'il valait mieux l'ignorer et déguerpir.

Il était quatorze heures huit. Plus que huit minutes avant de retrouver mes parents. Je me suis précipité vers la lumière des toilettes, fuyant l'obscurité. La fenêtre était là, semblant encore plus petite que dans mon souvenir. J'ai disposé la corbeille juste en dessous, et j'aurais juré que l'alarme avait encore grimpé d'un cran, plus forte et plus insistante que jamais, comme si elle avait deviné que j'allais prendre mes cliques et mes claques et que ça ne lui plaisait pas du tout. J'ai pris appui sur le lavabo avant de grimper sur la poubelle retournée. Elle devait provenir d'un magasin « tout à une livre », parce que dès que j'ai fait basculer mon poids dessus, elle s'est écrabouillée. Franchement, ça aurait été plus efficace de me servir d'un gobelet en carton.

Est-ce que je pouvais m'en sortir sans la corbeille ? La fenêtre était haute, mais je pouvais l'atteindre de mes mains. J'ai donc entrepris de me hisser, ce qui n'était pas très compliqué, sauf que mes Converse aux semelles usées dérapaient terriblement sur le mur. Mes muscles brûlaient, et l'inexorable loi de la gravité s'est rappelée à moi : je suis tombé, heurtant le sol avec un bruit sourd. Heureusement, ma tête a atterri sur l'oreiller, ce qui m'a évité de perdre connaissance, parce que là, ça aurait carrément été la catastrophe.

J'ai pris une profonde inspiration. *Réfléchis*.

Il fallait faire passer l'oreiller avant moi. Le sac à dos aussi. Quand bien même j'arriverais à escalader, je ne parviendrais de toute façon pas à passer par la fenêtre avec le sac.

Voilà qui était plutôt bien pensé.

Sur la pointe des pieds, j'ai fourré l'oreiller dehors. Il a disparu, rejoignant la liberté, le soleil et les restaurants, tout ce glorieux vide qui m'appelait et s'étendait dans toutes les directions autour de la banque.

J'ai marqué un temps d'hésitation avant de balancer mon sac à dos. Et si quelqu'un se trouvait de l'autre côté ? Si un chien le repérait ? Mais de toute façon, je n'avais pas le choix : je ne pouvais pas me glisser par la fenêtre avec le sac, je l'ai donc fait passer en premier.

Puis j'ai pris mon élan en courant, espérant que je pourrais me propulser suffisamment haut pour avoir une bonne prise sur le rebord de la fenêtre. Si j'arrivais à m'appuyer avec les avant-bras, j'aurais assez de force pour me hisser. *Chers muscles, ce n'est pas le moment de me laisser tomber.*

(Pourquoi n'avais-je pas été plus sérieux lors des cours d'EPS ? Si j'avais passé plus de temps à m'entraîner, comme les jumeaux Walker, le haut de mon corps serait beaucoup plus développé. C'était clair. Et je serais carrément populaire.)

J'ai couru, j'ai sauté et mes doigts, moites à cause des gants en latex, ont complètement raté leur cible, en ne s'emparant pas de la liberté, mais en échouant sur un mur lisse. Je sentais la température monter sous mes aisselles, j'étais à bout de souffle, et mon cœur ne se contentait même plus de battre, mais faisait carrément du breakdance. Est-ce que je pleurais ? Ou est-ce que je transpirais des yeux ?

J'ai escaladé le lavabo. Il a menacé de se détacher du mur, mais a tenu bon malgré tout. Le pied droit appuyé sur le robinet, j'ai appliqué mes paumes sur la paroi, en espérant pouvoir me déplacer à la Spider-Man. Ça a presque marché. Le petit doigt de ma main gauche a frôlé l'angle de la fenêtre. Juste au moment où j'ai perdu l'équilibre, avant de m'écrouler sur le sol, mais cette fois sans oreiller pour amortir ma chute. Le côté gauche de mon corps a lourdement heurté l'impitoyable lino. Je n'ai même pas eu mal. Mais j'ai ressenti une frustration intense, pas loin de se transformer en panique totale et paralysante. Parce que « presque », ça ne suffit pas. Un tir qui rentre *presque* dans une cage n'est pas un but.

Je me suis à nouveau relevé. J'avais déjà passé une bonne partie de la matinée à ne pas baisser les bras. Les gars en costards de *Reservoir Dogs* ne flanchent pas. Dans *GTA*, on ne s'écroule que si on est renversé par une voiture.

« C'est le moment où je vais y arriver. Positive attitude ! », ai-je songé. Les héros affrontent toujours l'adversité. Ce n'était pas une bombe, c'était une fenêtre. Et pas si haute que ça. J'avais déjà escaladé des arbres bien plus impressionnants. À l'époque où je grimpais aux arbres.

Je me suis approché. J'ai agrippé le rebord. Je me suis concentré à mort, j'ai rassemblé toute mon énergie du petit-déjeuner dans mes doigts, mes bras et mes épaules. J'ai tiré, et tiré encore. Mes pieds se sont soulevés du sol, mes chaussures ont crissé contre le mur en cherchant des prises tandis que je continuais à me hisser et qu'un arc de douleur partait de ma main gauche pour rejoindre la droite. Mais je n'ai pas réussi à grimper plus haut, et je me suis laissé retomber au sol. Une vague d'angoisse m'a submergé. Et si je ne parvenais pas à m'échapper ? Coincé sur la scène de mon propre crime. J'avais réussi à récupérer ma clé USB, mais j'avais échoué à déjouer un autre type de verrou : comment sortir d'ici.

Bravo, Dylan. Cette fois-ci, tu t'es surpassé.

Quelqu'un a poussé un cri. Ce n'était pas moi. Mais Rita. Elle me fixait depuis la fenêtre, l'essentiel de son visage dissimulé derrière un bandana, comme si elle appartenait à un cartel de drogue mexicain. Mon adorable Rita. Quand ils voient Jésus, les saints doivent ressentir exactement ce que j'ai ressenti en découvrant ma sœur. Une sorte de gratitude débordante, un amour incommensurable, une vessie nouée. Le tissu de son masque (un perroquet noir et blanc) a trembloté quand elle m'a lancé :

– Bouge-toi, guimauve !

Ses mains sont apparues sur le cadre de la fenêtre, puis elle m'a fait signe d'approcher. J'ai couru, j'ai sauté et j'ai agrippé les deux bras qu'elle me tendait, comme s'il s'agissait du dernier canot de sauvetage sur le *Titanic*. Je n'avais jamais pensé que la maigrelette Rita, ma sœur si frêle, serait capable de me faire décoller ainsi. Au sens propre comme au sens figuré. Peut-être qu'à force d'écrire tous ses SMS, elle s'était forgé des bras inhabituellement musclés ? En tout cas, elle a attrapé mes deux mains avec une fermeté d'acier, et elle s'est mise à me hisser. Il y avait deux solutions : soit elle me déboîtait les épaules, soit elle réussissait à me sortir de ces toilettes-prison.

J'ai réussi à m'aider des pieds, et même si mes épaules chantaient des alléluias, j'ai fini par prendre suffisamment appui sur la fenêtre pour basculer le haut de mon corps à l'extérieur. Rita, debout sur le container, a passé ses bras sous les miens pour m'aider à me glisser dehors, jusqu'à ce que je puisse m'extraire de la fenêtre dans une étrange position fœtale.

J'étais complètement désarticulé. Je me suis laissé tomber sur la poubelle comme une balle de flipper atterrit sur un bumper, et j'ai rebondi sur Rita. On a dégringolé tous les deux au sol.

– Ton menton a saigné, a-t-elle dit en se relevant et en indiquant le bas de la cagoule. C'est dégueu.

Elle a ramassé l'oreiller tandis que je récupérais mon sac et l'enfilais sur mon dos comme un randonneur professionnel. J'ai retiré ma cagoule et Rita, son bandana. J'ai senti mon menton qui piquait au moment où le tissu passait dessus.

Pendant ce temps, l'alarme continuait à beugler.

Rita a fait mine de vouloir faire le tour de la banque, ce qui nous aurait conduits directement sur le type qui pensait que quelqu'un était planqué dans le distributeur. Alors je lui ai agrippé le bras et l'ai entraînée dans la direction opposée. Ça impliquait de sauter par-dessus un mur d'une hauteur d'un mètre environ (parfait pour un lutin ou un petit chien ?) à l'extrémité du parking, mais elle m'a suivi sans rechigner, ou en tout cas, le bruit de l'alarme a recouvert ses plaintes.

C'est à ce moment-là que je me suis rendu compte que j'avais vraiment très envie d'aller aux toilettes.

On a fait à peine quelques pas sur le parking et on s'est arrêtés. Rita tenait toujours l'oreiller. Autour de nous, la banlieue était envahie par les coureurs. Entre notre essoufflement et les battements de nos cœurs, on aurait très bien pu passer pour des types qui venaient de boucler la course. Le soleil de l'après-midi dessinait des ombres lourdes sur le parking. Mon menton était douloureux.

– Tu l'as fait ? a-t-elle demandé.

– Non, ai-je répliqué.

– Tant mieux.

Si un regard pouvait tuer, le mien l'aurait anéanti.

– Voilà, ai-je acquiescé, avant de lui demander si Papa et Maman nous attendaient bien au supermarché.

– Ouais, mais Papa est allé chercher des donuts. Je n'ai pas pu l'en empêcher.

CHAPITRE 43

IL N'Y A RIEN QUI IMPORTE PLUS QUE LE PLAN DE LA FUITE

Il n'y avait plus de ruban en travers de la route. Les coureurs qui franchissaient désormais la ligne d'arrivée ressemblaient plus à des grands-parents qu'à des athlètes au sommet de leur forme, et les rues se vidaient des amis et de la famille venus pour les encourager. Sans les poubelles remplies à ras bords de bouteilles en plastique et l'absence de voitures, on n'aurait pas pu deviner qu'il s'était déroulé un évènement inhabituel. Bien sûr, l'alarme continuait à hurler, mais ça ne semblait déranger personne. Pas de policiers, ni de sirènes. On a malgré tout croisé une agente de police municipale, qui marchait mollement vers la banque en sifflotant.

J'ai jeté un œil par-dessus mon épaule en direction du distributeur. Personne. Le type qui m'avait parlé avait visiblement réussi à retirer ses cinquante livres et s'était éclipsé. Il avait dû rationaliser les bruits étranges entendus dans le distributeur comme on le fait tous quand quelque chose sort de l'ordinaire. J'avais bien aperçu un fantôme quand j'avais quatre ans. Mais j'en avais déduit que manger du fromage avant d'aller au lit embrouillait les idées, plutôt que de croire à la vie après la mort.

Rita est passée devant moi, contournant les passants. J'apercevais l'enseigne orange du supermarché. « Donc, voilà, c'est fini » ai-je songé. Il me restait le samedi et dimanche pour boucler mon devoir d'histoire et ensuite une nouvelle année scolaire démarrerait, comme si rien d'extraordinaire n'était arrivé.

Les prochaines vacances seraient plus tranquilles, c'était décidé.

Et là, Rita s'est arrêtée. J'étais sur le point de lui demander quel était le problème quand une femme souriante a écarté les bras.

– Dylan Thomas !

La mère de Beth.

– Ça fait un moment que je ne t'avais pas croisé. Est-ce que tu écris enfin de la poésie ?

Ça aurait été n'importe qui d'autre, je me serais éclipsé poliment et j'aurais continué mon chemin.

– Pas encore. Bonjour, madame Fraser.

– C'est ta sœur ? a-t-elle demandé.

Je n'ai pas répondu. Parce que madame Fraser n'était pas seule. Il y avait aussi monsieur Fraser. Et... Beth, dans sa tenue de running mauve, en train de manger une banane, tout en souriant comme elle pouvait avec la bouche pleine de banane. Elle rayonnait.

– Salut, Beth, ai-je fait. Bravo.

Elle a dégluti.

– J'étais en train de manger une banane, s'est-elle justifiée en se penchant pour me serrer dans ses bras.

Même si elle dégoulinait de sueur et empestait la banane, ça m'était égal.

– Qu'est-ce qui t'est arrivé au menton ? s'est inquiétée madame Fraser.

– J'ai trébuché sur une pierre tombale.

– Ouh, personne de proche, j'espère.

Puis monsieur Fraser m'a salué. Il m'a aussi dit que c'était vraiment sympathique de voir que les amis de Beth lui témoignaient autant de soutien. Il avait l'air moins en colère que d'habitude. Plus souriant.

– Pourquoi tu transportes un oreiller ? Au cas où tu t'ennuies ? a-t-il demandé à Rita, en donnant un coup de coude à sa femme, goguenard.

Rita a souri et a serré l'oreiller contre elle, comme s'il s'agissait d'un ours en peluche.

– Ça fait longtemps que vous êtes là ? a demandé Beth. Salut Rita ! Vous vous étiez installés où ?

– Hum, ai-je marmonné. Par là-bas.

– Salut, a répondu Rita.

– On ne vous a pas vus ! a regretté madame Fraser.

Et là, au loin, a retenti une sirène. J'étais sûr de l'entendre. Rita aussi, car...

– Nos parents nous attendent, a-t-elle déclaré, en se décalant de quelques pas de Beth et de ses parents, pour qu'ils ne puissent pas voir qu'elle articulait un mot grossier tout en me faisant signe de dégager en indiquant le supermarché.

– Tu as déchiré ton pantalon, Dylan, a observé la mère de Beth. Si tu veux, je te le recouds avant que ta mère ne le remarque. Ah, les gamins !

Les adultes ont gloussé.

– Nos parents, a insisté Rita.

– On va manger une pizza, si vous voulez nous accompagner, tous les deux, a proposé le père de Beth. On a pas mal de choses à fêter. Je vous invite !

– C'est juste que..., a balbutié Rita en s'éloignant encore un peu.

J'étais en train de chercher une excuse, un peu comme je l'avais fait tout au long de l'été, mais soudain, une idée a surgi dans ma tête, comme une lampe électrique qui s'éclaire.

– Vous êtes sûr ? ai-je demandé. Où ça ?

(Voilà : un alibi ! Et en or ! « Désolé, monsieur l'agent, c'est impossible que je sois rentré par effraction dans la banque. J'étais en train de regarder le marathon et ensuite je suis allé manger une pizza. De toute façon, il n'y a rien eu de dérobé, alors... Enfin, pas que je sache en tout cas ! »)

– Au Pizza Express de Blackheath, a répliqué Beth en levant les yeux au ciel. Mais je suis en nage et je pue !

– Dylan, a insisté Rita, alors que la sirène était presque aussi puissante que l'alarme de la banque.

– Mais non, tu ne pues pas, ai-je dit.

– Attention, a plaisanté le père de Beth.

Blackheath est à environ dix minutes de route de Chislehurst. J'ai fait glisser le sac de mon dos, parce qu'après tout, c'était peut-être un bon plan, d'être tombé sur les Fraser.

– Tu veux bien le rapporter à la voiture ? ai-je demandé à Rita, en lui tendant le sac.

J'ai cru que ses yeux allaient sortir de leurs orbites.

– Alibi, ai-je articulé, et je pense que personne ne m'a vu.

– Tu es la bienvenue aussi, a dit le père de Beth à Rita. Plus on est de fous, plus on rit !

Je ne savais pas si elle m'avait compris ou si elle en avait marre d'attendre.

– Je suis intolérante au lactose, a-t-elle menti. Mais merci quand même.

Elle nous a fait un petit signe de la main et elle est partie en courant vers le supermarché.

– Rita ! ai-je appelé.

Elle m'a jeté un regard par-dessus son épaule.

– Merci !

Et elle a souri.

CHAPITRE 44
NE PAS OUBLIER DE SE NOURRIR

Maman et Papa allaient être furieux que je loupe le déjeuner pour fêter les examens de Rita, mais j'étais sûr qu'ils s'en remettraient, déjà parce que Rita n'avait eu cette idée que dans le but de camoufler mon opération à la banque. C'était donc du bon sens criminel que de nous séparer. Et utiliser les parents de Beth pour fuir la scène de crime était idéal.

Surtout que la sirène était quasiment à notre niveau, désormais. On s'est retournés pour observer une ambulance se diriger vers les derniers coureurs, puis s'éloigner, son hurlement diminuant petit à petit.

– Quelqu'un a dû tomber dans les pommes, a commenté le père de Beth, comme si c'était drôle.

On a rejoint le restaurant dans la Ford Fiesta des Fraser. Beth n'arrêtait pas de lever les yeux au ciel, tandis que son père déblatérait sur les points communs entre s'entraîner pour un marathon et préparer des examens.

Plus il parlait, plus il semblait en colère. J'ai arrêté de l'écouter au moment où on a croisé un motard avec un casque Iron Man. Je suis certain que l'alarme de la banque a été désactivée peu de temps après, alors qu'on était encore coincés dans les inévitables embouteillages de la banlieue londonienne.

(À l'arrière de la voiture, j'ai serré discrètement mon poing. Même Beth n'a rien vu. De minuscules feux d'artifice éclataient dans ma tête, dessinant le mot VICTOIRE. Parce que j'avais réussi. Et je ne m'étais pas fait prendre. Et en plus, j'allais me faire inviter à manger une pizza.)

J'ai regardé Beth. J'ai souri. Tandis que monsieur Fraser continuait ses explications d'une voix forte, insistant encore et encore sur la manière de réviser et de s'entraîner à la course à pied, je me demandais s'il nous offrirait aussi un dessert.

Au restaurant, il a commandé du prosecco. J'ai pensé qu'il en faisait peut-être un peu trop pour le semi-marathon de Beth, mais j'ai compris que ce n'était pas la seule chose qu'ils fêtaient.

Écoutez ça : Beth m'a expliqué que le buzz, sur les réseaux sociaux, de l'incendie de la mini-Maison

Blanche avait attiré l'attention de pas mal de monde, et même du propriétaire (américain) du club de football de Crystal Palace.

– Un type formidable ! a souri monsieur Fraser.

Il avait contacté le père de Beth pour qu'il lui construise une réplique de la Maison Blanche à Beckenham. Et pas seulement ça : il leur avait fait un sacré virement le dernier jour de leur délai pour payer leur nouvel appartement.

– Le truc totalement inespéré, a ajouté monsieur Fraser. Je suis presque ravi que notre maison ait brûlé !

– Bon, cela dit, on ne va pas rester éternellement dans cet appartement, a commenté madame Fraser.

– Je ne sais pas, a rétorqué son mari.

Sa femme l'a foudroyé du regard.

– Pourquoi es-tu habillé tout en noir ? m'a demandé Beth.

– Aucune idée, ai-je répliqué. Parce que je suis un ado renfermé ?

Ça n'a pas eu l'air de la convaincre. Elle a semblé se perdre dans ses pensées. J'ai commandé une pizza American Hot, et madame Fraser a fait remarquer que j'étais un sacré blagueur, si on pensait à cette histoire d'incendie de la mini-Maison Blanche.

Pendant le repas, tandis que les parents de Beth discutaient des taux d'assurances, j'ai osé demander ce qu'il en était de Harry.

– Il est grave, a soupiré Beth, alors que je m'efforçais de ne pas sourire. Il a tenté de m'embrasser dans un souterrain. Carrément pas cool !

Je n'ai pas révélé que j'avais vu ses photos sur Insta. Je n'ai rien dit. À part le mot « dégueu », parce que franchement, il n'y a pas grand-chose de pire que se faire embrasser par Harry. Surtout dans un souterrain.

– Et toi, ton ventre ? s'est inquiétée Beth, en changeant de sujet.

– Ça va mieux, ai-je dit en fixant ma pizza, pour éviter son regard détecteur de mensonges.

Quand l'addition est arrivée, j'ai fait semblant de chercher mon portefeuille. Beth a posé sa main sur la mienne et m'a assuré que son père m'invitait.

– On croule sous l'argent, maintenant ! a-t-il ricané.

Madame Fraser lui a dit de ne pas être aussi vulgaire, et en se tournant vers moi, elle m'a demandé si j'avais des projets pour l'après-midi.

– En fait, Maman, a commencé Beth, en me filant un coup de pied sous la table, Dylan et moi, on avait prévu de passer l'après-midi ensemble.

– Impossible, s'est opposée madame Fraser. Il faut que tu déballes tes affaires et que tu prennes une douche.

Beth m'a expliqué qu'ils avaient fait tous leurs cartons, puisqu'ils pensaient devoir quitter leur appartement.

Mais avec cette rentrée d'argent, ils n'avaient plus besoin de déménager.

(Était-elle en train de me demander de l'aider à installer ses affaires ?)

– Et si on se retrouvait lundi ? ai-je proposé. Pour le dernier jour des vacances.

– C'est noté. J'ai hâte, a commenté Beth.

– Attention, a grommelé son père.

CHAPITRE 45
ÉPILOGUE

Le lundi suivant, on s'est retrouvés à Chislehurst.

– Ton menton va mieux, a observé Beth, en prenant ma main dans la sienne.

Ne croyez pas une seconde qu'il s'agissait d'un instant romantique de contact physique, le truc dont rêve n'importe quel adolescent de quinze ans, en dehors d'une nouvelle console ou de la victoire de son équipe de foot préférée. Parce que ce n'était pas le cas. Elle était un peu devant moi, et me tirait comme une mère accompagne un tout-petit dont la couche est pleine vers les toilettes les plus proches.

– On va où ? me suis-je inquiété.

– Qui sait ?

Je l'ai informée que j'avais d'abord un truc à faire.

On a marché jusqu'à la banque, l'endroit où je souhaitais ne plus jamais me rendre de toute ma vie. L'agence, à mon grand plaisir, était fermée car on était lundi.

Beth a éclaté de rire.

– Tu ne veux pas entrer par effraction ?

Elle portait une salopette et des Doc Martens. Malgré ça, j'ai senti une sorte de bouffée de chaleur qui m'envahissait, un peu comme quand on a mangé trop de pizza, ou quand Rita m'a sauvé des toilettes. Mais pour être honnête, c'était encore plus intense.

– Non, ai-je dit en sortant ma carte de mon portefeuille, pour l'introduire dans le distributeur.

J'ai tapé mon code et j'ai demandé cinquante livres. La machine a hésité. Puis s'est mise à ronronner. Et enfin, elle m'a filé deux billets de vingt et un de dix.

– Gagné ! ai-je dit.

J'ai pris les billets. Des vrais ! Du papier tout neuf, craquant, avec un numéro dessus et le portrait de la reine ! Je les ai fourrés dans ma poche. Beth a passé son bras dans le mien, comme si on était un couple marié.

– J'ai reçu mon salaire ! ai-je annoncé. Comment on le claque ?

– On va à Londres ! s'est écriée Beth. On va se payer une glace ! Une glace bien chère avec des bonbons, et des vermicelles au chocolat, la totale ! Un café, aussi. Et on pourra se promener et se moquer des touristes.

Faire des trucs que font les gens qui ont de l'argent. Et peut-être se racheter une autre glace ?

Je n'avais pas envie d'être un rabat-joie, mais j'ai quand même rappelé à Beth qu'on n'avait que cinquante livres, et que je tenais à ce qu'un billet de vingt la sponsorise.

– Et si on allait juste faire un tour au parc ? ai-je suggéré. L'argent, ce n'est pas tout. On pourrait s'asseoir dans l'herbe et regarder les gens. On n'a pas besoin d'être riches pour passer un bon moment.

On s'est regardés et on a éclaté de rire au bout de cinq secondes.

– Et un burger ? a proposé Beth. Ça te dit ? Sinon, on peut prendre un Mexicain à emporter ?

Je ne savais pas trop en quoi pouvait consister un Mexicain à emporter, ça me paraissait même suspect, mais elle m'a regardé avec un air tellement, tellement heureux, que je n'ai pas su quoi répondre, à part rire à nouveau. Et elle aussi s'est mise à rire. En fait, on était plantés devant une agence immobilière dans la banlieue de Londres, et on a rigolé jusqu'à en pleurer. Enfin, presque.

– Je suis désolée d'avoir mis le feu à ta maison, ai-je fait, prêt à m'arrêter illico de me bidonner.

Beth a passé sa main dans mon dos et m'a répété que c'était un problème électrique. Alors on a continué à rire.

J'ai fini par me calmer et je lui ai dit qu'il fallait que j'envoie un SMS pour prévenir ma mère si on allait à Londres, parce qu'elle allait s'inquiéter sinon. Manger un burger me semblait une excellente idée. Ou n'importe quoi d'autre, d'ailleurs. Mais un burger... Avec de la sauce chili... Est-ce qu'elle aimait ça ?

– J'adore les burgers sauce chili ! a-t-elle confirmé.

Et tandis qu'on attendait le bus, qui nous déposerait à la gare, où un train nous embarquerait pour Londres, où on pourrait déguster des glaces hors de prix et des burgers sauce chili, j'ai pris une photo de nous deux, en dissimulant mon menton. Puis je l'ai postée sur mon compte Facebook, les doigts tremblant parce que c'était la première fois que je publiais quoi que ce soit depuis des mois. Elle est apparue dans le flot des photos de vacances d'autres gens, et j'ai songé que si cet été ne m'avait appris qu'une seule chose sur la vie, c'était que tout était possible. Absolument tout.

Même Beth.

– Je voudrais que cette dernière journée de vacances dure toujours, ai-je déclaré.

– Tais-toi, a répondu Beth en m'attrapant par le bras pour me serrer contre elle.

Elle avait dû croire que j'essayais d'être romantique. Mais en fait, je voulais surtout dire que je n'avais toujours pas bouclé mon devoir d'histoire.

Cela dit, ça pouvait attendre !

L'AUTEUR

Tom Mitchell est d'abord un père, mais aussi un enseignant et parfois un écrivain. Il a grandi dans l'ouest de l'Angleterre et s'est installé à Londres après quelques années passées dans la région des East Midlands. *Comment braquer une banque* est son premier roman, qu'il a écrit pendant les vacances scolaires.

Il habite à Orpington avec sa femme, Nicky, et ses deux fils, Dylan et Jacob.

Cet ouvrage a été mis en pages
par DV Arts Graphiques à La Rochelle

Impression réalisée par
GRAFICA VENETA
en novembre 2021
pour le compte des Éditions Bayard

Imprimé en Italie